보손 게임단

보슨
게임단

김남중 장편소설

사□계절

|차례|

끝내지 못한 대결

토요일 오전은 유난히 시간이 더디 간다. 한 시간이 백 분은 되는 것 같다. 찬세는 교실 벽에 걸린 시계를 선생님 몰래 자꾸 돌아보았다. 십 분쯤 지났나 싶어 돌아보면 겨우 이삼 분이 지났을 뿐이다. 계속 왼쪽으로 돌아봤더니 목이 뻐근해서 나중에는 오른쪽으로도 돌아보았다.

찬세와 자꾸 눈이 마주치는 친구들이 있었다. 짧은 순간이었지만 서로 굳은 표정으로 고개를 끄덕였다. 보일락 말락 작은 동작의 의미를, 선택된 몇몇은 알아차렸다. 오늘이야말로 끝장을 보는 날이다. 몇 시간 뒤면 누가 진정한 승자인지 결판이 난다.

토요일 오전은 교실 안이 축제처럼 술렁거려야 정상이다.

자유의 카운트다운, 하교 시간이 가까워질수록 교실 안은 풍선으로 가득 찬 듯 둥둥 떠 있기 마련이다. 그런데 오늘은 달랐다. 한대중학교 1학년 1반 남학생들 절반이 굳게 입을 다물고 웃지 않았다. 변성기 탓에 거위처럼 소리 지르고 당나귀처럼 웃어 대던 남학생들이 입을 다물고 있자 교실 분위기가 묘했다. 나머지 학생들도 서로 눈치를 살폈다. 시간이 갈수록 팽팽해지는 정체 모를 긴장감에 교사들이 고개를 갸웃거리기까지 했다.

"너희들 무슨 일 있냐? 왜들 이래?"

학생들 눈치를 살피던 교사들이 미심쩍어하며 교실을 나가기 몇 번째. 드디어 마지막 시간이 끝났다. 교실마다 주말을 맞는 환호성이 터져 나왔다. 우렁찬 소리가 복도에 울려 퍼지고 운동장까지 넘쳤지만, 1학년 1반은 여전히 조용했다.

"주말이라고 놀지만 말고 책도 좀 보고 그래라."

담임이 나가자 잠시 교실 안이 소란스러워졌다. 책상 밀리는 소리, 의자 넘어지는 소리가 가라앉자 찬세 주위로 아이들이 모였다. 모두 아홉. 다들 힘 좀 쓰는 남학생들이다.

"가자!"

찬세가 앞장을 섰다. 시골에서 전학 온 지 두 달 만에 찬세는 친구들 사이에서 확실하게 존재를 인정받았다. 그러기까지 많은 일이 있었지만 그건 어른들에게는 알려지면 안 될 비밀이었다. 찬세가 겉보기에는 어수룩해도 친구들은 알고 있었다. 첫인상과 달리 찬세의 어깨는 강하고 눈빛은 날카롭다. 찬세를 중심으로 뭉치면 이길 수 있다. 지더라도 끝까지 물고 늘어져 본때를 보여 준다.

가방을 삐딱하게 멘 아홉 명이 복도를 걸어갔다. 기다렸다는 듯 옆 교실 문이 열리면서 태웅이 패거리가 걸어 나왔다. 말없이 앞장서던 찬세가 태웅이 어깨를 툭 밀쳤다. 태웅이가 피식 웃었다.

"왜, 십 분도 못 기다려? 여기서 붙을까?"

"장난하냐? 빨리 공원으로 가자."

태웅이네 패거리는 열한 명, 두 명이 더 많았지만 찬세는 신경 쓰지 않았다. 백 명이 와도 마찬가지다. 수가 많으면 시끄럽기만 할 뿐 고양이가 숫자로 쥐를 이기는 건 아니다. 남학생 스무 명이 말없이 운동장을 가로질렀고 교문을 지나 헤어졌다. 십 분 뒤 가까운 공원에서 다시 만나기로 했다. 서로 챙길 도구들이 있었다. 어른들 몰래 숨겨 놓은 것들이었다.

토요일 오후에는 학원 보충과 특강이 줄줄이 있지만 아무도 신경 쓰지 않았다. 우선 해결해야 할 일이 있다. 혼자서는 절대 할 수 없는 일, 지금 아니면 영원히 할 수 없을 일이 십 분 뒤에 시작된다. 찬세의 심장이 두근거렸다. 다른 열아홉 개의 심장도 마찬가지였다.

공원은 자그마했다. 축구장만 한 잔디밭이 있고, 잔디밭 주위에는 둥치 굵은 양버즘나무가 시원한 그늘을 만들었다. 키 큰 메타세쿼이아 나무가 옆에 늘어선 붉은 산책로는 구운 벽돌로 포장되어 구불구불 길게 이어졌다. 산책로는 분수를 가운데 두고 두 갈래로 갈라져 공원 끝의 족구장과 게이트볼장으로 이어졌다. 군데군데 놓인 긴 나무 의자는 등산지팡이를 짚은 노인과 유모차를 끌고 나온 아기 엄마, 빈 소주병을 발치에 굴려 둔 채 구겨진 스포츠 신문을 덮고 잠이 든 노숙인, 말반 웃음 반인 여학생들이 차지하고 있었다.

크진 않았지만 근처에 하나밖에 없는 공원이어서 여기저기 사람들이 많았다. 사람들은 심상치 않은 분위기의 남학생들을 바라보았다. 교복을 입었지만 떼로 뭉쳐 있는 학교 밖의 중학생은 더 이상 중학생이 아니었다. 중고등학생이 가장 무섭다는 말은 중고등학교가 생긴 이후로 변함없는 진리였다.

"저 덩치 좀 봐, 요즘 애들은 무서워. 암, 담배를 피우든 술을 마시든 말을 말아야 해. 괜히 참견했다가 봉변당한 사람 여럿 봤거든. 맞아도 문제, 때려도 문제야. 말세라니까."

사람들이 목소리를 낮춰 수군댔다. 거리가 멀어 소리는 들리지 않았지만 두 패거리 사이에 거친 몸짓이 오가자 공원 분위기가 팽팽해졌다. 사람들은 곧 무슨 일이 터지지 않을까 하는 기대감으로 남학생들을 바라보았다.

찬세와 태웅이 패거리는 사람들의 눈길을 의식하고 있었다. 그래서 더 어깨에 힘이 들어갔다. 찬세는 잔디를 딛고 서 있었다. 찬세 뒤에 선 친구 여덟 명이 껌을 씹거나 발끝으로 툭툭 잔디를 차거나 방망이를 짧게 잡고 손바닥을 툭툭 때리며 상대편을 노려보았다. 찬세네 맞은편에는 태웅이가 서 있었다. 태웅이 뒤에는 변함없이 열 명이 서 있었다.

태웅이가 앞으로 걸어 나오더니 찬세와 마주 섰다. 찬세는 가볍게 주먹을 쥐었다. 주먹에 힘이 들어가면 속도가 느려진다. 속도가 느리면 상대의 기세에 제압당한다. 찬세를 바라보는 태웅이 눈이 가늘어졌다. 흥분을 감추지 못하는 눈길들이 찬세와 태웅이의 손끝에 모였다.

찬세가 말했다.

"슬슬 시작할까?"

"당연하지."

태웅이가 주먹을 쥐었다.

찬세는 주먹을 바라보지 않고 태웅이 눈을 바라보았다. 상대의 손을 바라보면 휘말리기 쉽다. 상대의 눈을 바라보아야 한다. 찬세도 천천히 주먹을 들었다. 숨을 죽이고 바라보던 패거리들이 하나같이 소리를 질렀다. 쩌렁쩌렁한 목소리가 공원에 울렸다.

"가위, 바위, 보!"

찬세네 여덟 명이 소리를 질렀다.

"이겼다!"

찬세는 보, 태웅이는 주먹을 냈다. 이긴 쪽이 공격 순서를 결정할 수 있다. 찬세네 편이 우르르 잔디밭으로 뛰어 나갔다. 나중에 공격하는 게 유리하다는 사실쯤은 말하지 않아도 다들 알고 있었다.

태웅이네가 먼저 공격하고 찬세네는 수비를 하게 되었다. 이로써 찬세네 반 야구팀 '아홉 개의 불방망이'와 태웅이네 반 야구팀 '너보다 한 점만 더'의 역사적인 공원 리그 결승전이 시작되었다.

찬세네 '불방망이' 팀은 이름대로 공격이 화끈했다. 한번 터지기 시작하면 막을 수가 없었다. 대신 수비가 약해서 어이없게 점수를 내주곤 했다.

태웅이네 '한 점만 더' 팀은 끈질겼다. 공격력은 강하지 않지만 한 점 한 점 악착같이 따라붙었다. 지금까지 전적은 3승 3패로 막상막하였지만 찬세네는 '아홉 개의 불방망이'가 더 잘한다고 주장했다. 질 땐 아슬아슬하게 지고 이길 땐 확실하게 이기는 것이 그 증거였다.

태웅이는 코웃음을 치며 경제적으로 야구를 하는 '한 점만 더'가 강팀이라고 주장했다. 1점 차로 이기는 것은 자기네 힘을 아끼는 것이고 10점 차로 지는 것은 상대의 힘을 뺏기 위해서라는 것이다.

어쨌든 이번 경기로 모든 것이 결정된다. 이 시합에서 이기는 팀이 겨울이 될 때까지 공원 잔디밭을 홈구장으로 쓰기로 했다. 방해받지 않고 마음껏 연습을 할 수 있다는 뜻이다. 주말에 야구를 할 수 있는 곳이 공원 잔디밭밖에 없기 때문에 잔디밭 사용권은 무척이나 중요한 문제였다.

주말이면 학교 운동장은 축구 동호회 아저씨들 차지가 되었다. 토요일 오후에 한 팀, 일요일 오전에 두 팀, 오후에 한 팀이었다. 축구하는 아저씨들은 학생들을 모두 몰아내고 하루 종일 운동장을 썼다. 교장선생님한테 허락까지 받았다니 할 말이 없었다.

투수 자리에 선 찬세가 포수 화평이와 신호를 주고받았다. 첫 공을 던지기 전 찬세는 고개를 돌려 뒤를 바라보았다. 수비수들이 모두 찬세를 보고 있었다. 찬세가 외야수 쪽으로 돌아섰다. 글러브를 낀 왼손과 공을 든 오른손을 하늘로 번쩍 치켜들고 찬세가 고릴라처럼 소리를 질렀다.

"불방망이 파이팅!"

"파이팅!"

불방망이 팀 선수들이 찬세를 따라 고함을 질렀다. 우렁찬 목소리가 울려 퍼지자 나무 그늘에 앉아서 구경하는 사람들이 박수를 쳤다. 주말마다 공원에 나와 찬세네 야구 경기를 구경하는 사람들. 말하자면 고정 팬이었다. 어떤 사람들은 나무둥치에 편하게 기대 앉아 자장면이나 치킨을 배달시키기도 했다. 방금 전에도 중화요리 '진짜루'에서 배달 온 오토바이가 자장면과 탕수육을 내려놓고 떠났다.

찬세는 다시 포수를 향해 돌아섰다. 손에 든 야구공을 가볍게 던졌다가 받았다. 이 자그마한 140그램 야구공에 53킬로그램 몸무게를 실어 던질 수 있다. 쇠가죽을 꿰매 만든 진짜 야구공이다. 여기저기 긁혀 감촉이 매끈하진 않지만 그래서 미끄러지지 않고 손가락에 끝까지 감겼다. 찬세는 야구공의 둥글둥글 묵직한 느낌이 좋았다. 힘껏 던지면 태양이라도 깰 수 있을 것 같았다. 포수 화평이가 보호대 대신 앞으로 돌려 멘 책가방을 탁탁 두드렸다. 믿고 마음껏 던지라는 뜻이었다. 말을 안 해도 그 마음을 알 수 있었다.

타자가 야구방망이를 몇 번이고 휘둘러 대다가 타석에 들어섰다. 헬멧을 쓴 타자의 눈빛이 날카로웠다. 1번 타자니 빠른 발만큼 눈치도 빠르다. 1번을 잡아야 시합이 편해진다. 찬세는 숨을 멈추고 왼쪽 무릎을 높이 들어 올렸다. 왼발에 몸무게를 실어 길게 내디디며 오른팔을 뒤로 돌렸다. 상체를 숙여 팔을 끌어오면서 손목을 탄력 있게 꺾었다. 손가락으로 땅을 찍을 듯 최대한 낮은 지점에서 공을 놓았다. 끌려오던 오른발이 땅에 닿기도 전에 공이 먼저 포수 글러브로 빨려 들어갔다.

팡!

두툼한 포수 글러브에 공이 꽂히며 묵직한 소리가 났다. 언제 들어도 기분 좋은 소리였다.

"스트라이크!"

구경하던 사람들이 박수를 쳤다. 박수를 받으니 더 힘이 났다. 시작부터 느낌이 좋았다.

14

퍽!

화분이 깨지며 노란 수선화가 땅바닥에 뒹굴었다. 하얀 나무 울타리 너머에서 갑자기 날아온 야구공 때문이었다.

"와!"

"투런 홈런이다!"

고함 소리가 뒤따라 들려왔다.

어두운 거실 안락의자에 편히 앉아 있던 남자가 눈을 떴다. 남자는 창가로 걸어가 두꺼운 검은 커튼을 젖히고 밖을 내다보았다. 깨진 화분 옆에 야구공이 놓여 있었다. 남자는 장승처럼 움직이지 않고 서서 속으로 숫자를 세었다. 하나, 둘, 셋!

셋을 세자마자 글러브를 손에 든 중학생 하나가 울타리 너머에서 고개를 내밀었다. 대낮에도 커튼을 치고 불을 끈 거실은 동굴 속처럼 어두워 안이 잘 보이지 않았다. 중학생은 잠시 집 안 동정을 살피더니 울타리를 넘어 정원으로 들어왔다. 이제는 보통 중학생이 아니라 무단 침입자다. 야구공이 어디 있는지 깨진 화분이 알려 주었다. 화분을 보며 잠시 머리를 긁적인 침입자는 재빨리 공을 주워 울타리를 넘어 사라졌다.

수선화 화분만 망가진 게 아니었다. 울타리 아래 팬지도 짓밟혔다. 팬지뿐이 아니었다. 오늘만이 아니었다. 불쑥불쑥 울타리를 넘어오는 침입자들은 여러 가지를 망가뜨렸다. 화분이 몇 개나 깨졌다. 활짝 핀 튤립과 달리아도 목이 부러졌다. 새

자동차 지붕이 움푹 들어가고 흠집이 나기도 했다.

남자가 카메라를 들고 밖으로 나왔다. 먼저 깨진 수선화 화분을 찍었다. 카메라에는 지금까지 야구공 때문에 입은 피해가 모두 담겨 있었다. 처마 밑에 달아 놓은 감시 카메라는 울타리를 마음대로 넘나드는 침입자들의 동영상을 촬영했다. 얼굴을 분명히 알아볼 만큼 선명한 증거였다.

수선화를 찍은 남자가 무표정한 얼굴로 발을 들더니 줄지어 있는 멀쩡한 화분들을 툭툭 밀었다. 자기로 된 화분이라 큰 소리도 내지 않고 쉽게 깨졌다.

"새 화분으로 옮겨 줄게."

남자는 깨진 화분을 하나하나 사진 찍고 그대로 거실로 돌아왔다.

이사 온 지 두 달 만에 4킬로그램이 빠졌다. 낮에 자고 밤에 일을 하는데 주말이면 야구하는 녀석들 때문에 잠을 잘 수가 없었다. 주중에 못 잔 잠을 주말에 몰아서 자야 하는 남자로서는 분통이 터질 노릇이었다. 조용한 곳을 찾아 일부러 공원 끝에 있는 비싼 단독주택을 샀는데 이럴 수는 없었다. 집을 소개해 준 부동산 중개소에 항의했지만, 이미 중개 수수료를 다 받은 중개소 사람들은 웃고 말 뿐이었다.

"사장님이 참으셔야지 어쩌겠어요. 귀엽잖아요. 근처 중학생들 같은데, 남자애들 고만할 때는 다 그렇죠."

남자는 두 번 이야기하지 않고 뒤돌아 나왔다. 귀엽다고?

남자는 중학생들이 귀엽다고 생각해 본 적이 없었다. 시끄럽고, 건방지고, 어리석고, 지저분한 것들. 나이에 상관없이 애들은 부모에게 뭔가를 팔아먹고 싶을 때만 필요한 존재, 부모를 움직이는 방아쇠 같은 거였다. 자식을 잡으면 부모는 저절로 넘어가니까.

남의 집을 망가뜨리고 휴식을 방해하는 불한당을 그대로 놔둘 이유가 없었다. 저 원숭이 떼를 물리칠 때가 되었다. 직접 나서서 목소리를 높일 필요는 없었다. 악당들을 혼내 주고 공원을 조용하게 만드는 건 어렵지 않은 일이었다. 국가가 존재하는 이유가 거기 있었다. 이럴 때를 위해 꼬박꼬박 세금을 내는 거니까.

찬세네 불방망이의 마지막 공격이었다. 불방망이가 6대 5로 지고 있었다. 원아웃에 주자는 없고 공격할 타자는 아까 2점 홈런을 친 찬세였다.

오늘 찬세는 몸 상태가 최고였다. 야구방망이가 가벼웠고 공도 핸드볼 공만큼 잘 보였다. 불방망이들이 모두 일어나 찬세를 바라보았다. 벤치에 앉아 구경하던 할머니와 할아버지들도 찬세를 응원했다.

"아까 큰 거 때린 애기가 또 나왔네."

"이번에도 한 방 날려 봐!"

찬세가 야구방망이를 쥔 손에 힘을 주었다. 투수 태웅이가 침을 꿀꺽 삼켰다. 찬세는 연습 삼아 야구방망이를 크게 휘둘렀다. 붕붕 소리가 났다. 누가 봐도 홈런을 노리고 있는 것 같았다. 수비수들이 긴장하며 움찔움찔 뒤로 물러났다.

찬세는 태웅이 눈을 바라보았다. 어차피 심리전이다. 찬세가 홈런을 노린다고 생각하면 태웅이는 치기 힘든 공을 던질 거다. 몸 쪽 낮은 공일 확률이 높았다. 치기 힘든 공은 던지기도 어렵다. 스트라이크보다는 볼을 던지기 쉽다는 이야기다.

찬세는 태웅이가 볼 수 있도록 방망이를 다시 짧게 고쳐 잡았다. 이러면 볼넷을 고르거나 짧게 끊어서 안타를 치기에 유리하다. 수비수들이 모두 물러나 있으니 살짝 당겨 치기만 하면 안타를 만들기 쉽다. 한 점이 중요했다. 무리하게 큰 걸 노리다가 아웃당할 필요는 없다. 태웅이 표정이 머릿속만큼이나 복잡해 보였다.

찬세가 태웅이를 보고 일부러 씩 웃었다. 태웅이가 입술을 깨물었다. 찬세가 짧게 잡았던 방망이를 슬그머니 길게 고쳐 잡았다. 무시당했다고 생각한 태웅이가 이를 악물고 공을 던졌다. 빠른 공이었지만 한가운데로 너무 정직하게 날아왔다. 첫 공을 노리고 있던 찬세는 기회를 놓치지 않았다. 한껏 뒤로 감았던 방망이를 시원하게 휘둘렀다. 탄탄한 다리와 부드러운 허리, 강한 어깨의 힘이 하나로 이어져 방망이의 한 점에 집중되었다. 야구공이 부딪칠 부분이었다. 거침없이 돌아간 방망이가 날아들던 야구공을 걷어 냈다.

깡!

알루미늄 방망이가 상쾌하게 울렸다. 야구공이 쭉쭉 하늘 높이 날아갔다. 찬세가 좋아하는 방향. 아까처럼 공원 끝 이층 집을 향해서였다.

"또 홈런이다!"

"동점이야, 동점!"

불방망이들이 펄쩍펄쩍 뛰었다. 구경하던 사람들도 박수를 쳤다. 찬세는 일루, 이루, 삼루를 꼼꼼히 밟고 천천히 홈으로 들어왔다. 달릴수록 몸이 둥둥 떠오르는 것 같았다. 이 기분이라면 마라톤도 할 수 있을 것 같았다. 찬세는 흘낏 태웅이를 곁눈질했다. 태웅이 얼굴이 토마토처럼 빨갰다. 태웅이와 찬세의 일대일 대결은 찬세의 승리였다. 팀까지 이긴다면 더욱 완벽한 승리다. 야구는 분위기였다. 이런 분위기라면 백 퍼센트 이긴다.

찬세는 마중 나온 불방망이들과 힘차게 손바닥을 부딪쳤다. 얼굴이 빨개져 이를 악물고 있는 태웅이를 향해 한 번 더 웃어 주는 것도 잊지 않았다. 이러면 태웅이는 다음에도 정면 승부를 펼칠 것이다. 한 번이라도 이기고 싶을 테니까.

찬세는 태웅이 마음을 읽고 있었다.

남자는 거실에서 창밖을 바라보고 있었다. 야구공이 거실 유리창 밑에서 아슬아슬하게 멈추었다. 거리낌 없이 울타리를 넘어온 침입자가 야구공을 집어 들었다. 유리창을 사이에 두고 1미터 앞에서 자기를 노려보는 사람이 있다는 걸 침입자는 알아채지 못했다. 거실 안은 어두웠고 유리창은 금빛 반사 유리였다.

침입자가 다시 울타리를 넘어가자 남자가 문을 열고 정원으로 걸어 나왔다. 이번에는 야구공에 부서진 것이 없었다. 남자가 주위를 둘러보다가 돌멩이 하나를 집어 들었다. 남자가 거실 유리창을 향해 돌멩이를 힘껏 던졌다.

픽!

거실 강화 안전 유리창은 깨지지 않았다. 거미줄 같은 금이 생겼을 뿐이다. 남자는 돌을 제자리에 가져다 놓고 유리창 사진을 찍었다. 카메라를 주머니에 넣은 남자가 휴대전화를 꺼냈다.

"네, 경찰입니다. 무엇을 도와드릴까요?

"여기는 지산동 평화로 117번지 잔디공원 옆입니다. 우리 집이 부서졌습니다."

"네?"

"불한당들이 우리 집을 습격했단 말입니다."

"네, 곧 순찰차를 보내도록 하겠습니다."

"한 대로는 어림도 없을 겁니다."

"범인들이 몇 명이나 됩니까?"

"십 대 남자애들이 스무 명쯤 되고 야구방망이를 들고 있습

20

니다."

"흉기를 들고 있다구요? 그럼 강력 사건인데요. 알겠습니다. 곧 출동하겠습니다."

남자가 전화기를 주머니에 넣고 손목시계를 보았다. 귀찮아서라도 빨리 출동하도록 3분마다 계속 전화를 할 생각이었다.

찬세가 타석에 들어서려는 승민이에게 말했다.

"아직 원아웃이니까 걱정하지 말고 힘껏 휘둘러. 아웃당해도 괜찮아. 알지?"

승민이가 고개를 끄덕였다. 삼루에는 발 빠른 진교가 나가 있다. 아웃을 당하더라도, 승민이가 공을 멀리 치기만 하면 진교가 홈에 들어올 수 있다. 그러면 게임은 끝난다.

승민이가 타석에 들어서서 야구방망이를 어깨에 멨다. 찬세가 승민이에게 사인을 보냈다. 코를 만지고 양손을 맞잡고 귀를 톡톡 건드리기도 했다. 보기에는 어마어마한 작전 지시를 내리는 것 같지만 별 뜻은 없었다. 투수 태웅이는 지금 발 빠른 주자 진교와 안타를 잘 치는 타자 승민이가 엄청나게 신경 쓰일 거다. 거기다 작전 지시를 내리는 찬세에게까지 눈 돌리다 보면 공을 제대로 던질 수 없다. 찬세는 그걸 노렸다. 태웅이가 공을 던지려고 왼쪽 다리를 들었다.

찬세는 일부러 큰 소리로 기침을 했다.

"콜록, 콜록!"

애애애애앵!

기침 소리가 사이렌 소리에 묻혀 버렸다. 태웅이가 던진 공이 바닥에 부딪혀 튀어 올랐다. 포수가 가슴에 멘 책가방으로 가까스로 공을 막았다. 포수가 태웅이에게 달려갔다. 태웅이는 포수에게 야구공을 건네받고 고개를 끄덕거렸다. 무슨 말이 오갈지 뻔했다. 힘을 내라느니, 괜찮다느니 하는 소리일 것이다. 긴장을 풀어 주려고 농담도 한 마디 했을 것이다.

사이렌 소리가 점점 더 커졌다. 수비수들이 뒤로 돌아서 소리가 나는 쪽을 바라보았다. 순찰차 세 대와 경찰 승합차 한 대가 요란한 소리를 내며 공원에 도착했다. 경찰들이 우르르 내리더니 공원 끝 집으로 들어갔다. 공원에 있는 사람들이 경찰차 쪽을 바라보았다. 조금 있다가 경찰들이 우르르 나오더니 이쪽을 향해 걸어왔다.

"얘들아, 잠깐!"

권총을 찬 경찰 한 명이 다가와 태웅이가 들고 있는 야구공을 빼앗았다.

"신고가 들어와서 그러는데, 잠깐 지구대로 가야겠다."

다른 경찰이 승민이에게서 야구방망이를 빼앗았다.

"저도요?"

경찰이 야구방망이로 모두를 가리켰다.

"너희들 다!"

"우리 잘못한 거 없어요!"

태웅이가 경찰에게 말했다. 경찰은 들은 척도 하지 않았다.

"오 분만 있다가 가면 안 돼요? 오 분이면 끝나는데."

찬세가 경찰 아저씨에게 부탁했다. 5분이 안 되면 1분도 괜찮았다. 안타 한 방이면 시합이 끝난다.

경찰 목소리가 높아졌다.

"지금 내가 농담하는 줄 알아? 신고 들어왔다니까!"

모두들 줄지어 경찰차를 탔다. 경찰차들이 경광등을 번쩍이며 공원을 출발했다.

찬세는 기분이 이상했다. 경찰차 뒷자리에 타니까 텔레비전에서 본 범죄자가 된 것 같았다. 이대로 감옥으로 끌려갈 것 같았다. 겁먹은 친구들이 서로 눈치를 봤다. 찬세는 고개를 돌려 점점 멀어지는 공원을 바라보았다. 누가 신고를 했는지 도무지 알 수가 없었다. 무엇 때문에 끌려가는지도 알지 못했다. 경찰차를 탄 지 5분도 안 되었는데 벌써 자유가 그리웠다. 차창 밖은 봄볕이 화사한 토요일 오후였다.

손해배상 청구서

바지 주머니 속에서 휴대전화가 부르르 떨렸다. 마침 계산
대에 손님이 없었다. 찬세 엄마는 주위를 둘러보았다. 마트 매
니저는 직원들이 일하다가 전화 받는 걸 끔찍하게 싫어했다.
마트에 오면 무조건 전화기를 꺼 놓으라고 닦달했다. 다행히
잔소리꾼 매니저가 보이지 않았다.

찬세 엄마는 계산대 아래로 몸을 숙이고 전화기를 꺼냈다.
모르는 번호였다.

'받지 말까?'

찬세 엄마는 잠시 머뭇거리다가 결국 통화 버튼을 눌렀다.

"여보세요. 네, 제가 찬세 엄마 맞는데요. 예에? 경찰서요?
네, 금방 갈게요."

찬세 엄마 목소리가 갑자기 높아졌다. 옆 계산대에 있던 직원이 이쪽을 돌아보았다. 찬세 엄마는 매니저를 찾아가 잔소리를 십 분 듣고 한 시간 외출을 허락받았다.

경찰 지구대를 향해 달려가며 찬세 엄마는 오만 가지 생각을 했다.

'교통사고가 났나? 그럼 병원에서 연락이 왔을 텐데? 뭘 훔쳤나? 찬세는 그럴 애가 아닌데? 시골에서 전학 왔다고 무시당해서 싸웠나?'

그랬을 것 같았다. 찬세네는 두 달 전 시골에서 이사를 왔다. 지난겨울 내린 50년 만의 폭설에 비닐하우스만 무너지지 않았어도, 비닐하우스를 늘리려고 농협 대출만 얻지 않았어도, 비닐하우스 안에 있던 딸기가 죄 얼어 죽지만 않았어도, 결혼해서 20년 가까이 살아온 시골을 떠나지 않았을 것이다.

찬세네 가족은 이삿짐 차를 타고 오면서 서로 손을 잡고 다짐했다.

"조금만 참자. 열심히 돈 벌어서 빚 갚고 다시 내려오면 돼."

찬세 아빠는 어렵게 용달차 일자리를 찾았다. 찬세 엄마도 마트에서 일자리를 구했다. 열심히 일해서 시골로 내려갈 밑천을 만들 생각에 두 사람 다 정신없이 뛰어다녔다. 엄청난 빚을 생각하면 하늘이 까맣다가도, 이렇게 땅에 발바닥 안 붙이고 뛰어다니다 보면 해 뜰 날이 오겠지 생각하며 잠시도 쉬지 않았다.

일 때문에 바빠서 찬세가 학교에 잘 적응하는지, 친구는 잘 사귀는지 신경을 쓰지 못했다. 성격이 밝고 착한 아이라 별일 없으려니 했는데 그게 아니었나 보다.

경찰 지구대 안은 전화를 받고 달려온 부모들과 시무룩한 아이들이 뒤섞여 시장 바닥 같았다. 찬세는 혼자서 긴 의자 구석에 앉아 있었다. 풀이 죽어 고개를 숙이고 있는 찬세를 보자 엄마는 가슴이 울컥했다.

엄마가 찬세에게 달려갔다.

"찬세야!"

"엄마!"

찬세 눈에 눈물이 고였다. 찬세 엄마는 놀란 가슴을 다독이며 경찰에게 설명을 들었다. 다행히 패싸움은 아니었다.

"우리 애 때문에 피해를 입었으면 다 갚아 드려야지요. 한 번만 용서해 주세요."

찬세 엄마는 머리를 수십 번 조아렸다. 다른 아이들 엄마도 마찬가지였다. 그러다가 경찰이 누가 유리창을 깼는지 물어보자 다들 찬세를 가리켰다. 홈런왕 찬세는 발뺌을 할 수가 없었다. 경찰이 내민 조서에 서명을 하자 일단 집으로 돌아가 있으라고 해서 다들 헤어졌다. 불방망이 팀과 한 점만 더 팀이 해체되는 순간이었다. 다들 일이 그렇게 끝났다고 생각했다. 쉽게 해결되어 다행이라고 안심했다.

일주일 뒤 찬세네 집으로 편지 한 통이 날아왔다. 우편집배원이 문 앞에서 찬세 엄마를 불렀다.

"내용증명 우편입니다. 여기 서명해 주세요."

출근 준비를 하던 찬세 엄마가 고개를 갸웃거리며 빨간 도장이 찍힌 편지 봉투를 열었다. 찬세가 엄마 옆으로 가서 편지를 읽었다.

"손해배상 청구서?"

느낌이 좋지 않았다. 지난주에 끌려갔던 경찰 지구대가 떠올랐다. 찬세는 재빨리 자기 방으로 들어가 문을 잠갔다.

"문 안 열어? 좋은 말로 할 때 열어!"

찬세 엄마가 방문을 쾅쾅 두드렸다. 아무리 버텨도 엄마가 이대로 그냥 물러날 것 같지 않았다. 이불을 뒤집어쓰고 누웠던 찬세가 벌떡 일어나 문을 열었다.

"내가 못살아! 날마다 놀기만 하더니 이거 어떡할래? 어떡할 거야?"

찬세 엄마가 손에 든 손해배상 청구서를 흔들었다. 남의 집을 부숴서 경찰 지구대에 끌려간 녀석을 손이 발이 되게 빌어서 꺼내 왔더니 손해배상 청구서가 날아왔다. 생각지도 못한 일인데 금액마저 장난이 아니었다. 찬세네 안방보다 넓은 강화유리창을 새로 갈아야 하고, 자동차 수리비에 망가진 정원까지 이것저것 수도 없이 많았다.

찬세 엄마가 가장 화가 나는 것은 청구서 맨 마지막의 정신적인 피해 보상이었다. 임신부도 아니고 노인도 아닌데 그렇게 놀랐을까 싶었지만, 피해자가 그렇다니 어쩔 수 없었다.

엄마가 펄펄 뛸수록 찬세는 깊숙이 고개를 숙였다. 찬세는 말없이 방바닥만 보았다. 소리를 지를 만큼 지른 찬세 엄마가 쿵쿵대며 방을 나왔다. 화를 낸다고 해결될 일이 아닌 걸 알면서도 감정을 억누르기가 힘들었다.

'처음부터 야구를 못하게 해야 했는데.'

후회해도 늦었다. 찬세가 살던 시골은 10킬로미터쯤 떨어진 면 소재지까지 가야 겨우 학원 두 군데가 나오는 곳이었다. 찬세네 반에서 학원에 다니는 애들은 한 손에 꼽을 정도였다. 시간은 많고 공간은 넓어서 찬세는 야구를 자주 했다. 학생 수가 적어서 선생님들까지 합세해야 겨우 시합을 할 수 있었지만 그래서 더 재미있었다.

찬세는 중학생이 되자마자 도시로 전학을 와야 했다. 찬세가 공원 잔디밭에서 야구를 하겠다고 했을 때 엄마는 큰맘 먹고 야구공과 글러브를 새로 사 줬다. 낯선 동네니까 운동으로 친구를 사귀는 게 좋을 것 같았다. 도시에서는 다들 공부에 유난을 떤다지만, 아직 중학교 1학년이니 마음껏 뛰놀게 해 주고 싶었다. 혹시 야구에 소질이 있으면 그쪽으로 나가도 괜찮을 거라고 생각했다. 프로야구 선수가 되면 돈도 많이 번다던데, 혹시? 찬세 엄마는 즐거운 꿈을 꾸었다.

야구 글러브를 가지고 학교에 간 찬세는 금방 친구를 사귀고 야구팀까지 만들었다. 초등학교 내내 운동장에서 갈고 닦은 찬세의 야구 실력은 친구들 가운데 최고였다. 멀지 않은 곳에 사는 태웅이도 야구 덕분에 만났다. 초등학교 때 '리틀야구단' 선수였던 태웅이는 찬세와 좋은 맞상대였다. 찬세와 태웅이는 각각 팀을 만들고 주장이 되어 친구들을 이끌었다. 야구가 아니었다면 이렇게 빨리 친구를 사귀지 못했을 것이다.

　찬세는 주말마다 야구 시합을 했다. 비가 와서 야구를 못하는 날이면 외국 야구 중계를 보며 텔레비전 화면 앞에서 투구 폼, 타격 폼을 연습했다. 찬세를 너무 놀리는 게 아니냐고 옆집에서 물어보면 찬세 엄마는 웃으며 대답했다.

　"운동 많이 해야 키 크죠."

　그렇지만 다른 집 엄마들은 달랐다. 야구는 텔레비전에서 보는 것으로 충분하다고 생각했다. 그래서 찬세네 반 친구들은 글러브며 야구공, 야구방망이를 모두 찬세네 집에 맡기고 몰래 야구를 했다.

　찬세는 친구들이 왜 그렇게 비밀을 지키느라 유난을 떠는지 잘 몰랐다. 왜 야구팀이 아닌 같은 반 아이들한테까지 숨겨야 할 비밀인지 이해할 수가 없었다. 곧 알게 되었지만, 문제는 친구들이 아니라 엄마들이었다. 엄마들이 알면 야구팀은 당장 해체라고 했다. 친구들은 야구 이야기를 할 때면 따로 모이거나 서로 속삭였다. 컴퓨터 메신저나 문자 메시지도 일부러 이용하지 않았다. 야구 시합이라도 한 번 할라치면 비밀 작전을 펼치는 것 같았다. 그래서 지금까지 들키지 않을 수 있었다.

찬세와 태웅이는 다른 반에도 야구팀을 만들 계획을 세워 놓았다. 야구를 사랑하고 믿을 만한 친구를 골라 야구팀을 만들게 한다. 한 반에 한 팀씩 1학년 아홉 개 팀이 리그전을 벌이는 것이다. 생각만 해도 짜릿했다. 부모님도, 선생님도 모르는 비밀 리그가 생기는 것이다. 혹시 비밀 리그가 점점 커진다면? 다른 학교에도 비밀 야구팀이 생긴다면? 수십, 수백, 수천 개로 늘어난다면? 그 팀 가운데 최강자로 우승을 한다면? 상상만 해도 즐거웠다. 비밀은 즐거움이었다. 완벽한 비밀은 간직하고만 있어도 짜릿했다.

다들 철저히 비밀을 지켰기 때문에 엄마들은 야구팀이 생긴 것도, 주말마다 공원에서 야구 시합이 벌어지는 것도 몰랐다. 야구 연습 때문에 토요일 학원 특강이나 보충을 빼먹는 것도 당연히 몰랐다. 걸려도 다른 핑계를 댔기 때문이다.

경찰이 등장하지 않았다면 비밀은 오래오래 지켜졌을 것이다. 경찰의 힘은 역시 강했다. 경찰 지구대 의자에 앉았을 뿐인데 다들 입이 술술 열렸다. '불방망이'와 '한 점만 더' 팀의 구성 멤버, 보유 장비, 본부, 역대 전적, 포지션, 향후 계획 등이 속속들이 밝혀지는 데 한 시간도 채 걸리지 않았다.

경찰 지구대에서 이 사실을 알게 된 엄마들은 야구팀 주장 찬세를 범죄 조직의 두목처럼 몰아붙였다. 착하고 공부만 아는 우리 아이가 학원을 빼먹을 리 없다고, 친구를 잘못 만났을 뿐이라고 엄마들은 입을 모았다. 주장이며 야구팀 공수의 핵이었던 찬세가 순식간에 접근 금지 위험인물로 변했다. 찬세는 빨간 코 루돌프도 아닌데 외톨이가 되었다. 태웅이도 마찬가지였다.

찬세는 경찰 지구대에 갔다 온 뒤로 데쳐 놓은 시금치처럼 풀이 죽었다. 찬세 엄마는 속이 상했다. 그냥 다른 아이들처럼 학원에 보냈으면 이런 일이 없었을 텐데. 게다가 이 청구서는 또 어쩌지?

식탁 위에 놓인 청구서를 찬찬히 바라보자 찬세 엄마는 머리가 다시 뜨거워졌다. 돈 빌릴 곳도 없는데 빚을 더 내야 하는 큰돈이었다. 눈에 불이 붙어서 광선이 나갈 지경이니 말이 곱게 나올 리 없었다.

"그러잖아도 돈 나갈 곳 투성인데 어쩔 거야? 입 있으면 말 좀 해 봐!"

찬세가 방에서 나오며 문을 쾅 닫았다.

"뭘 잘했다고 그래! 그래 가지고 문이 부서지니?"

찬세는 주섬주섬 신발을 신고 집을 나왔다. 찢어질 듯한 목소리가 뒤따라왔다.

"어디 가? 이리 안 와?"

찬세는 재빨리 도망쳤다. 엄마는 고개를 흔들며 다시 식탁 의자에 앉았다. 찬세 아빠에게 뭐라고 말해야 할지 막막했다.

청구서에 적힌 숫자가 눈앞에 아른거렸다. 아무리 봐도 너무 많았다.

"열흘 안에 입금하지 않으면 정식 재판을 청구하겠습니다. 그러면 비용이 더 늘어날 겁니다."

전화기에서 들었던 집주인의 냉정한 목소리가 떠올랐다. 찬세 엄마는 앞치마를 풀고 일어섰다. 찬세 엄마는 재판, 은행, 연체, 이자, 압류, 경매, 손해배상, 이런 말들이 무서웠다. 한 번도 찬세네 편이었던 적이 없는 말들이었다. 재판을 해 봐야 이길 것 같지 않았다. 찬세가 친 홈런 기록이 증거로 남아 있고, 동영상과 사진까지 있었다. 재판에는 비용도 시간도 많이 든다고 했다. 그렇다고 이 돈을 다 줄 수도 없다. 주고 싶어도 줄 돈이 없었다.

찬세 엄마는 이렇게 앉아 있지 말고 집주인을 찾아가 애원이라도 해 봐야겠다고 생각했다. 어려운 문제일수록 만나서 얼굴을 보고 이야기해야 한다. 출근 시간이 다 됐지만 이런 날은 지각을 해도 어쩔 수가 없었다. 찬세 엄마는 옷매무새를 가다듬고 거울을 한 번 보고 서둘러 집을 나왔다. 찬세 엄마는 몇 분 전 찬세가 달려간 길을 바삐 걸었다.

찬세는 걸음이 무거웠다. 잔소리가 듣기 싫어 집을 나오긴 했지만 딱히 갈 곳이 없었다. 친구들 집에 갈 수도 없다. 안 봐도 뻔했다. 친구 엄마들은 다들 찬세를 불량한 애로 생각한다.

찬세랑 놀지 말라고 자식들을 들들 볶을 게 뻔했다. 게다가 지금은 다들 그동안 빼먹은 학원 보충수업을 받고 있을 것이다.

서쪽에서 누가 고개를 숙이고 터벅터벅 걸어왔다. '한 섬만 더' 팀 주장 태웅이었다. 태웅이도 목이 쑥 빠져 있었다. 찬세가 걸음을 멈추자 태웅이가 고개를 들었다. 두 주장은 서로 얼굴을 바라보았다. 말 한마디 하지 않았지만 서로 같은 처지라는 걸 한눈에 알 수 있었다.

"어디 가냐?"

찬세가 먼저 말을 걸었다.

"그냥 나왔어."

"나 손해배상 청구서 받았다."

"난 엄마한테 맞았어."

태웅이도 주장이라서 더 혼이 났다. 야구를 사랑한다는 이유만으로 핍박받는 두 친구는 서로의 마음을 너무 잘 알았다. 훌륭한 적(敵)은 훌륭한 친구인 법이었다.

둘은 함께 걸었다. 갈 곳이 없기는 마찬가지였지만 그래도 옆에 누가 있으니까 기분이 좀 나았다. 걸으면서 찬세는 청구서 걱정을 했다. 찬세가 몇 번이나 홈런을 쳐서 집을 망가뜨렸으니 아무리 생각해도 물어 주는 게 당연했다. 그렇지만 처음 공이 넘어갔을 때 이야기하지 왜 여태 기다렸다가 한꺼번에 물어내라고 하는지 알 수가 없었다. 괴롭히려고 작정한 사람처럼 말이다. 처음부터 이야기했으면 청구서 금액이 이만큼 불어나지는 않았을 거다.

찬세는 그러잖아도 돈 때문에 얼굴 펼 날이 없는 엄마가 걱정이 되었다. 차라리 때리기라도 하면 덜 미안할 텐데, 찬세 엄마는 소리만 지를 뿐 때리지는 않았다. 물론 맞아서 해결될 일도 아니었다. 찬세는 엄마 걱정을 하느라 태웅이가 멈춰 선 것도 몰랐다.

"찬세야! 우리 게임 하러 가자."

태웅이가 2층 피시방을 가리켰다. 찬세는 잠깐 망설이다가 태웅이를 따라 피시방으로 올라갔다. 주머니에 동전 하나 없었지만 태웅이 옆에서 구경이라도 할 생각이었다.

피시방 안에 들어와서도 찬세가 머뭇거리자 태웅이가 눈치를 챘다.

"돈 없어?"

찬세가 고개를 끄덕였다. 태웅이가 등을 두드렸다.

"오늘은 내가 낼게."

찬세와 태웅이가 게임을 시작했다. 오늘 같은 날은 부숴야 한다. 싸워야 한다. 그래야 스트레스가 풀린다. 전에 몇 번 해 보긴 했지만 찬세는 게임이 서툴렀다. 많이 해 보지 않아서 그랬다. 게임보다는 야구가 더 좋았으니 당연하다. 하지만 이제 야구는 잊어야 했다. 볼륨을 높이고 모니터에서 눈을 떼지 않았다. 시간이 갈수록 찬세와 태웅이는 모든 것을 잊고 게임에 빠져들었다.

어두운 피시방 안에서는 시간을 알 수가 없었다. 문득 피시방 요금이 신경 쓰이지 않았다면 밤이라도 새웠을 것 같았다. 하루가 어떻게 갔는지 모르게 지나갔다. 찬세는 게임 하는 동안 한 번도 엉덩이를 떼지 않았던 의자에서 일어났다.

"아구구구, 허리야."

찬세 입에서 자기도 모르게 신음 소리가 흘러나왔다. 태어나서 지금까지 이렇게 오래 의자에 앉아 있어 본 적이 없었다. 허리만이 아니었다. 목도 뻐근하고 눈도 침침했다. 흡연 구역에서 새어 나오는 담배 연기 때문에 머리도 아팠다. 앉아 있을 때는 괜찮았는데 일어서니 갑자기 배도 고팠다.

태웅이가 주머니에 있는 돈을 모두 털었다. 아슬아슬하게 돈이 맞아서 동전 몇 개를 거스름돈으로 받았다.

찬세와 태웅이는 밖으로 나왔다. 어둡고 시끄러운 피시방에서는 몰랐는데 해가 많이 기울어 있었다. 태웅이가 돌아섰다.

"잘 가라."

"다음엔 내가 게임비 낼게."

찬세도 집으로 발걸음을 옮겼다. 집에 들어가기가 치과 가기보다 더 싫었다. 그래도 가기는 가야 했다. 찬세는 차라리 달팽이가 되고 싶었다. 아무 데서나 고개를 움츠리기만 하면 잠을 잘 수 있는 달팽이. 달팽이라면 이런 때 집에 들어가지 않아도 될 텐데.

달팽이처럼 천천히 움직였는데도 금방 집이 가까워졌다. 1톤 트럭 한 대가 찬세 옆에 멈췄다.

"찬세야, 타!"

아빠였다.

"오늘은 일이 일찍 끝났어. 공원에 야구하러 갈까?"

"야구 안 해."

찬세는 아빠 얼굴을 쳐다보지도 않고 대답했다. 아빠는 영문을 몰라 천천히 걸어가는 찬세 뒷모습을 바라보았다.

빵! 빵!

뒤에서 택시가 경적을 울리고 나서야 1톤 트럭은 찬세를 앞질러 갔다. 찬세 아빠는 오랜만에 치킨이라도 시켜야겠다고 생각했다. 찬세는 치킨을 좋아한다. 치킨 하나면 당장 펄쩍펄쩍 뛸 거다. 양념 반, 프라이드 반이면 세상이 내일 끝난다고 해도 문제없다.

아들에게 오랜만에 치킨을 사 줄 생각에 찬세 아빠는 기분이 좋았다. 오늘은 운이 좋은 하루였다. 일도 일찍 끝났고, 점심값도 따로 받았다. 날마다 오늘만 같으면 시골로 내려가 농사지을 날이 곧 올 것 같았다. 아빠는 길옆에 차를 대고 찬세를 기다렸다. 차 거울에 고개 숙인 찬세가 비쳤다.

회의실 문이 활짝 열렸다. 스크린 앞에 서 있던 게임 제작자 강대한 씨가 침을 꿀꺽 삼켰다. 수수한 면바지에 하얀 셔츠를 입은 사람이 걸어 들어왔다. 그 뒤로 손을 베일 듯 양복 바지에 줄을 세워 입은 비서와 임원들이 함께 들어왔다. 순간 강대한 씨는 숨을 내쉬지 못했다. 설마 저 사람이 이 자리에 올 줄은 몰랐다. 이렇게 되면 한 번에 승부를 낼 수도 있다.

강대한 씨는 가운데 자리에 앉은 사람을 보며 아무도 모르게 주먹을 불끈 쥐었다. 강대한 씨가 지난 십 년 동안 흘린 땀의 결과가 이 자리에서 평가받을 것이다. 강대한 씨의 미래도 여기서 결정될 것이다.

'긴장하지 말자. 긴장하지 말자. 긴장하지 말자.'

자꾸 되뇌어도 손바닥에 땀이 흘렀다. 바지 자락에 손바닥을 문지르고 싶은 충동을 강대한 씨는 애써 참았다. 강대한 씨는 혼자고 저쪽은 여러 명이었다. 긴장하고 있다는 것을 들키면 돌이킬 수 없는 실점을 하게 된다. 상대를 압도하지 못하는 설명회는 실패하기 쉽다.

어렵사리 마련한 자리였다. 강대한 씨도 게임 업계에서는 숨은 실력자였지만 지금 회의실에 앉은 사람은 우리나라뿐 아니라 세계에서도 알아주는 나우그룹의 회장이었다. 한국 기업 순위 2위의 나우자동차를 비롯해 나우건설, 나우전자, 나우마트 등이 모두 회장의 손아귀에 있었다.

대통령이 부럽지 않은 나우 회장에게 소원이 있다면 그것은 바로 영원한 맞수라고 불리는 함라그룹을 꺾는 것이었다. 몇 년 전까지만 해도 재계 순위 1, 2위를 다투던 함라그룹이 갑자기 넘을 수 없는 1위로 우뚝 선 것은 함라텔레콤의 급속한 성장 덕분이었다. 전 세계 휴대전화의 절반이 함라텔레콤의 제품이었다.

나우 회장이 함라를 뛰어넘을 수 있는 새로운 사업 분야를 찾고 있다는 것은 재계에 공공연한 비밀이었다. 그런 나우그룹이라면 모험적인 시도를 할 거라고 생각한 강대한 씨는 나우그룹에 신규 사업 설명회를 제안했다. 그리고 믿기지 않게 지금 이 자리에 섰다.

나우 회장이 고개를 끄덕이자 비서가 강대한 씨에게 말했다.

"시작하십시오."

조명이 꺼지면서 회의실 앞 화면이 밝아졌다.

"컴퓨터 게임 해 보셨습니까?"

강대한 씨가 입을 열었다. 뒤이어 전투기가 이륙하고 탱크가 달리고 미사일이 발사되고 빌딩이 무너지는 게임 화면이 나왔다. 진짜보다 더 실감 나는 화면이었다. 사람들은 영화 같은 화면에 정신이 팔렸다. 회장만 묵묵히 강대한 씨를 바라보았다.

강대한 씨가 설명을 시작했다.

"사람들은 수면 중에 꿈을 꿉니다. 꿈속에서는 우주 비행사가 될 수도 있고, 연예인이 될 수도 있습니다. 그렇지만 꿈은 꿈일 뿐입니다. 꿈에서 깨어나면 그뿐입니다. 남는 것이 없습니다. 꿈은 선택할 수도 없습니다."

강대한 씨 뒤로는 계속 게임 화면이 펼쳐졌다. 주인공이 총을 쏘며 돌격하자 적군이 우르르 쓰러졌다.

"세상이 점점 빨리 돌아가고 있습니다. 사람들은 더 열심히 일해야 하고, 더 열심히 공부해야 하고, 더 열심히 움직여야 합니다. 그럴수록 세상은 더 빨리 움직이고, 그 쳇바퀴에서 떨어지지 않기 위해 사람들은 꿈꿀 시간마저 빼앗기고 있습니다."

회장이 피식 웃었다. 케케묵은 설교를 듣고 있다고 생각하는 눈치였다. 강대한 씨는 어서 본론을 꺼내야겠다고 생각했다. 회장은 한 사람에게 두 번 기회를 주는 사람이 아니다.

"그래서 사람들은 컴퓨터 게임을 합니다. 게임은 잠자지 않고 꿀 수 있는 꿈이며 선택할 수 있는 꿈입니다. 현대인들은 꿈꾸기 위해 게임을 합니다. 게임 인구는 해마다 빠른 속도로 늘어나고 있습니다. 사람들은 늘 새로운 게임을 원합니다."

"그래서 새로운 게임을 가져왔다는 겁니까? 아이들 코 묻은 돈 뺏으려고?"

회장이 일어났다. 비서가 회의실 조명을 켰다. 강대한 씨는 눈을 감았다. 오늘을 위해 십 년을 준비해 왔다. 이대로 기회를 놓칠 수는 없었다. 죽기 아니면 살기다. 강대한 씨는 일어선 사자의 수염을 잡았다. 아무도 감히 회장 앞에서 꺼내지 못할 말을 했다.

"그대로 일어나셔도 좋습니다. 회사는 많고 많으니까요. 누구든 저와 제 계획을 잡는 사람이 미래의 일등이 됩니다. 영원히 이등으로 만족하실 겁니까?"

"말조심해요."

비서가 강대한 씨에게 다가왔다. 회장이 손을 들었다. 비서
가 멈추자 강대한 씨가 말을 이었다.

"저는 인생을 걸고 게임을 현실로 만들었습니다. 삼십 분만
더 게임을 즐겨 보시지요."

화면에 '보이지 않는 손'이라는 제목이 크게 떠올랐다. 돌아
서려던 회장이 발걸음을 멈추고 화면을 흘낏 바라보았다. 강
대한 씨 등에 땀방울이 흘렀다.

누군가의 꿈

강대한 씨는 컴퓨터 게임 제작자였다. 어린이를 위한 두뇌 개발 컴퓨터 게임에 재산과 인생을 모두 걸었다. 일주일에 칠일, 하루에 스무 시간 넘게 일하며 강대한 씨가 만든 '학수의 수학 탐험' '한자두자 천자문', '인어공주 영어왕자'는 학부모들에게 제법 좋은 평가를 받았다.

그러나 아이들은 강대한 씨의 게임을 좋아하지 않았다. 그래픽도 내용도 배경음악도 너무 착한 게 탈이었다. 다음 게임은 잘 팔릴 거라는 희망을 품고 몇 년을 더 고생했지만, 게임은 팔리지 않았고 회사는 파산했으며 은행에 담보로 잡힌 집마저 날렸다. 집 안 곳곳, 가구며 가전제품에 빨간 차압 딱지가 붙었다.

돈 한 푼 벌어 오지 못하는 남편을 대신해 내내 가정경제를 책임져 온 강대한 씨의 아내는 아들을 데리고 친정으로 갔다. 오랜 고민 끝에 결정한 일이었다. 처갓집을 찾아간 강대한 씨에게 아내는 문을 열어 주지 않으려 했다.

"당신이 우리한테 해 준 게 뭐가 있다고 그래? 당신은 일하고 결혼했잖아. 옛날처럼 그냥 일하고 살아. 우린 우리끼리 살 거야. 해 준 거 없으니까 그거라도 해 줘."

"애 얼굴 한 번만 보고 가자. 제발! 부탁이야."

강대한 씨 아내는 5분 뒤에 돌아가라며 문을 열어 주었다. 여덟 살 난 아들은 외삼촌 방에서 컴퓨터 게임을 하고 있었다. 당장 죽고만 싶던 강대한 씨였지만 아들 앞에서는 웃어야 했다.

"아들아, 아빠 왔다!"

강대한 씨가 바라는 것은 딱 하나, 아들을 한 번 꼭 안아 보는 것이었다. 그러면 힘이 날 것 같았다. 포기하지 않고 다시 일어설 수 있을 것 같았다. 아들의 작고 힘찬 심장이 가슴에 닿으면 꺼지지 않는 힘이 솟을 것 같았다. 세상을 향해 크게 외칠 수 있을 것 같았다. 내게는 책임져야 할 자식이 있다. 다섯 살 때부터 내 게임을 하며 웃어 준 아들이다. 내겐 이렇게 주저앉으면 안 될 이유가 있단 말이다.

강대한 씨가 팔을 벌리며 말했다.

"이리 와 봐. 한 번 안아 보자."

아들은 강대한 씨를 돌아보지 않고 모니터 속 괴물에게 기관총을 쏘아 대며 말했다.

"아빠는 이런 거 못 만들어? 아빠 게임은 진짜 재미없단 말이야. 그러니까 망했지."

스피커에서 총소리가 요란하게 울렸다. 총소리는 그대로 강대한 씨 가슴에 총알 자국을 남겼다.

강대한 씨는 말없이 공원으로 가 술을 마셨다. 십 년 동안 휴일도 휴가도 모르고 일했다. 하루에 네 시간 넘게 자 본 적이 없었다. 어린이 두뇌 개발과 학습에 도움이 되는 게임을 만들면 돈을 벌고 가족을 행복하게 해 줄 수 있으리란 꿈이 사라져 버렸다. 있던 돈마저 다 까먹고 빚만 잔뜩 남은 신용 불량의 중년, 한 달에 한 번 얼굴 보기 힘들던 아빠, 앞으로도 그럴 거라는 게 확실해지자 가족이 그를 떠났다.

'내 꿈이 가족들의 꿈인 줄 알았는데!'

가족들 잘못이 아니라는 걸 강대한 씨는 알았다. 스스로의 착각일 뿐이었다.

강대한 씨는 노숙인이 되었다. 다른 선택의 여지가 없었다. 노숙인 강대한 씨는 그동안 못 잔 잠을 실컷 잤다. 비록 공원 벤치나 나무 밑이었지만 잠든 동안에는 최고급 호텔과 다를 바 없었다.

해가 지면 지하철역으로 갔다. 밥 먹을 돈은 없는데 술은 어떻게든 생겼다. 밥은 먹고 싶지도 않았다. 술을 마시면 모든 게 꿈 같았다. 잠을 자지 않아도 꿈을 꿀 수 있었다. 춥지도,

배고프지도 않았다. 더러운 옷과 냄새나는 몸과 사람들의 눈총도 아무렇지 않았다. 사람들이 던져 주는 동전을 모아 술을 마시고, 술이 깨어 머리가 아프고 춥고 속이 쓰리면 다시 술을 마셨다.

그러지 않으려고 했는데 술김에 몇 번 아들을 보러 가기도 했다. 문은 열리지 않았고 대신 경찰이 출동해 강대한 씨를 끌고 갔다. 그러기를 몇 번, 강대한 씨는 아내와 아들이 다른 곳으로 이사 가 버렸다는 사실을 알게 되었다. 강대한 씨는 수천 번 고개를 끄덕였다.

'그 마음 알지. 나도 내가 부끄러우니까.'

그렇다면 결론은 역시 술이었다. 강대한 씨는 술을 마시고 그동안 아내와 아들에게 하고 싶었던, 그렇지만 하지 못했던 이야기를 털어놓았다. 아무도 들어 주는 사람이 없었지만 거꾸로 생각하면 세상 사람 모두가 이야기를 들어 주는 사람이었다. 강대한 씨는 마시고 떠들었다. 때로는 소곤소곤, 때로는 큰 소리로 하소연을 하고, 눈물도 흘리고 화도 냈다.

이야기를 하노라면 누가 옆에 앉아 있는 것 같았다. 옆에 앉은 사람은 매번 바뀌었다. 강대한 씨는 필요한 사람을 그때그때 머릿속에서 불러내어 사과하고 따지고 화해했다. 위로도 비난도 하지 않고 처음부터 끝까지 들어 주기만 하는 말 상대란 얼마나 귀한 존재인지. 강대한 씨는 외롭지 않았다. 그렇게 여름이 가고 겨울이 가고 다시 여름이 되었다.

구름 한 점 없는 팔월 아침 공원이었다. 아침부터 살을 구울 듯 햇볕이 뜨거웠다. 강대한 씨는 비둘기들의 날갯짓 바람과 구구거리는 소리에 눈을 떴다. 공원의 또 다른 주인 비둘기 군단이었다. 어젯밤 먹다 남은 컵라면 그릇이 넘어졌는지 비둘기들이 몰려와 팅팅 불어 터진 라면을 쪼아 대고 있었다.

"저리 가!"

강대한 씨가 팔을 휘두르자 비둘기들이 도망갔다. 멀리 가지는 않았다. 공원에 사는 비둘기들과 강대한 씨는 서로를 잘 알았다. 비둘기들은 강대한 씨가 새를 잡을 수 없다는 걸 알았다. 강대한 씨는 비둘기들이 라면을 포기하지 않는다는 걸 알았다. 비둘기들이 도망가지 않고 동그란 눈으로 멀뚱멀뚱 바라보자 강대한 씨는 화가 났다.

"너희들도 내가 우습단 말이지? 이 새새끼들이!"

강대한 씨는 잔돌을 그러모아 비둘기들을 향해 던졌다. 돌을 던지자 비둘기들이 푸드덕 먼지를 일으키며 날아갔다. 강대한 씨는 놀랄 만큼 빠른 속도로 연거푸 돌을 던졌다. 비둘기 한 마리가 돌에 맞아 떨어졌다가 비틀비틀 다시 날아올랐다.

강대한 씨는 돌을 잔뜩 모아 두었다가 비둘기들이 가까이 올 때마다 던졌다. 삼십 개 던지면 겨우 하나 맞을까 말까였지만, 한 번만 맞혀도 그동안 못 맞힌 답답함이 다 풀리는 것 같았다. 몇 번 혼이 난 비둘기들은 강대한 씨 눈치를 보며 돌이 닿을 만큼은 다가오지 못했다. 강대한 씨는 비둘기 군단을 물리치고 공원의 지배자가 되었다.

"게임도 안 되는 것들이 까불고 있어!"

라면을 지켜 낸 강대한 씨는 뿌듯한 마음이 들었다. 먹지 못할 라면이지만 라면은 분명 강대한 씨 것이었다. 물끄러미 바닥을 바라보던 강대한 씨가 다시 소리를 질렀다.

"이건 또 뭐야?"

개미들이었다. 까맣게 몰려든 개미들이 라면 부스러기를 옮기고 있었다. 강대한 씨는 돌멩이를 내려놓고 국물이 스며들어 휘고 색깔이 변한 나무젓가락을 들었다.

"요놈! 요놈!"

나무젓가락으로 상대하기에는 개미들이 너무 많았다. 강대한 씨는 손이 보이지 않을 정도로 빨리 개미를 찍어 댔다. 한 손으로는 모자라 두 손을 써야 했다. 나무젓가락이 미치지 못할 만큼 떨어져 있는 개미 쪽으로는 비둘기용 돌멩이를 던졌다. 찍고 던지고 찍고 던지고 찍고 던졌다.

강대한 씨는 땀을 뻘뻘 흘리며 개미들과 싸웠다. 일 년이 넘도록 누워만 있어서 겨울잠 덜 깬 곰처럼 둔해진 강대한 씨에게는 너무 힘든 싸움이었다.

개미들은 나름대로 열심히 도망쳤다. 개미들에게 나무젓가락은 하늘에서 떨어지는 전봇대였다. 뿔뿔이 흩어져 피하려 했지만 전봇대는 너무나 빨랐다. 개미들은 신의 분노와 재앙을 피해 정신없이 달렸다.

"너희들한테는 내가 하느님이다. 이것들아!"

강대한 씨가 소리쳤다.

손등으로 이마에 맺힌 땀을 닦으며 개미들의 하느님 강대한 씨는 문득 생각했다.

'재미있다!'

순간 강대한 씨는 번개라도 맞은 것처럼 젓가락을 든 채 꼼짝도 하지 않았다. 결국 재미란 이런 거였나? 재미란 나무젓가락으로 개미를 찍어 누르고 도망가는 비둘기를 돌멩이로 맞히는 거였다. 이렇게 간단한 걸 왜 몰랐을까? 왜 게임은 평화롭고 예의 바르고 지능 발달에 도움이 되어야만 한다고 생각했을까?

강대한 씨는 비둘기 퇴치용 돌멩이와 개미 찍기용 젓가락을 들고 공원을 빠져나왔다. 숙취로 깨질 것 같았던 머리에 겨울바람이 불어오는 느낌이었다. 텅 비었던 강대한 씨의 머릿속에 눈이 내리고 있었다. 하나둘 떨어지다가 곧 헤아릴 수 없이 펑펑 쏟아지는 눈송이가 머릿속을 하얗게 만들었다. 발자국 하나 없는 백지 같은 공간이 펼쳐졌다. 강대한 씨는 그 공간에 커다란 그림을 그리고 싶었다. 무엇을 그려야 할지 알 수 있었다. 그동안 게임계가 자기를 버렸고 자기도 게임계를 떠났다고 생각했는데, 이제는 아니었다.

결국 강대한 씨는 영원한 게임맨이었다. 머릿속의 느낌은 게임 신의 계시였다. 이 느낌이 사라지기 전에 얼른 새로운 게임을 만들고 싶었다. 그러려면 돈이 필요했다.

강대한 씨는 주머니에 있는 전 재산 오백 원으로 껌을 하나 사서 천 원에 팔고, 두 통을 사서 이천 원에 팔고, 네 통을 사천 원에 팔며 껌으로만 십만 원을 벌었다. 사실 껌을 산 사람은 별로 없었다. 사지 않으면 평생 따라다닐 것만 같은 강대한 씨의 확고한 눈빛과 일 년 동안 목욕도 하지 않고 양치질도 하지 않고 옷도 갈아입지 않은 강대한 씨의 냄새에 못 이겨 그냥 돈을 주는 사람이 더 많았다.

시장에 가서 옷과 신발을 산 강대한 씨는 목욕과 이발을 하고 옷을 갈아입었다. 입고 있던 옷은 검은 비닐봉지에 담아서 버렸다. 스스로 낯설 만큼 말끔해진 강대한 씨는 피시방 아르바이트를 시작했고, 일 년 뒤 다시 게임 회사를 차렸다. 강대한 씨가 혼자서 컴퓨터 한 대로 만든 '닭둘기 슈팅'과 '감히개미 눌러잡기'는 큰 게임 회사에 팔렸다. 큰돈은 아니었지만 좋은 출발이었다.

강대한 씨는 자신의 재능을 새롭게 발견했다. 스스로 세웠던 '좋은 게임'의 기준을 바꾸자 아이디어가 끝없이 쏟아져 나왔다. 한순간도 눈을 뗄 수 없고 침이 꼴깍 넘어가는 그래픽 화면, 심장이 터질 것 같은 효과음, 만져 보고 싶은 충동을 일으키는 아름다운 주인공들, 뻔하지만 유혹적인 게임 스토리.

강대한 씨는 몇몇 외주 제작자들에게 부분 하청을 주며 게임을 만들어 큰 회사에 납품했다. 직접 출시하는 모험은 더 이상 하지 않았다. 완벽하게 준비되기 전까지는, 세상을 뒤엎기 전까지는, 기다릴 생각이었다. 강대한 씨의 게임은 '폭력적'이고 '선정적'이어서 논란이 된 적은 있어도 팔리지 않아 손해 본 적은 없었다. 차차 고정 팬이 늘어날 만큼 강대한 씨의 게임 사업은 자리를 잡았다.

강대한 씨 사무실 벽에 걸린 액자에는 휘어진 나무젓가락과 돌멩이가 들어 있었다. 사무실을 방문하는 사람들이 다들 궁금해하는 액자였다. 강대한 씨는 액자를 볼 때마다 이를 악물었다. 세상이 좋아하는 방법으로 세상을 움직이라고 돌멩이와 나무젓가락이 끊임없이 속삭였다.

드디어 강대한 씨는 모든 것을 걸고 최후의 게임을 만들어 낼 준비를 마쳤다. 그렇게 보낸 8년의 결과물을 가지고 나우 그룹 회의실에 온 것이다.

나우 회장이 강대한 씨에게 말했다.

"내게 삼십 분을 내달라고 했소?"

강대한 씨가 고개를 끄덕였다. 회장이 얼핏 웃는 것 같았다.

"할 말이 있으니 가까이 와보시오."

강대한 씨가 회장에게 다가갔다. 회장이 강대한 씨의 귀에 대고 속삭였다.

"기획도 배짱도 기특하니까 내가 도움이 될 말을 해 주지. 앞으로는 설명을 할 때 가장 마지막에 할 말을 가장 먼저 해요. 결론을 먼저 내놓으란 말이오. 우리 같은 사람에게 일 분은 일 억이야. 삼십 분이면 삼십 억 이상이지."

강대한 씨는 얼음이 된 듯 꼼짝도 하지 않았다. 아니, 꼼짝할 수가 없었다.

회장이 돌아서며 말했다.

"선물 잘 간직해요. 일생에 도움이 될 테니까. 다음은 누구지?"

마지막 말은 비서에게 던진 질문이었다. 회장을 따라 나머지 사람들이 우르르 회의장을 떠나고 강대한 씨 혼자 남았다. 강대한 씨는 의자에 털썩 주저앉았다. 온몸에서 힘이 빠져나가 서 있을 수가 없었다. 이럴 수도 있다고 생각했지만 쉽게 받아들일 수 없는 대답이었다.

누가 강대한 씨의 어깨를 톡톡 두드렸다.

"저기요. 회의실 청소해야 되는데요."

청소하는 아줌마가 피곤한 표정으로 서 있었다.

강대한 씨는 힘없이 자료를 챙겨 지하 주차장으로 내려갔다. 차를 어디에 뒀는지 생각이 나지 않아 한참을 돌아다녀야 했다.

강대한 씨가 차에 타려고 할 때 양쪽에 주차해 있던 검은 승합차 두 대의 문이 동시에 열렸다. 양쪽 승합차에서 나온 남자들이 강대한 씨의 차 문을 열고 강대한 씨를 뒷자리에 앉혔다. 키는 크지 않지만 석상에 양복을 입혀 놓은 듯 몸이 단단한 남자들이었다. 남자들의 두툼한 손에 팔이 잡히자 강대한 씨는 전혀 힘을 쓸 수가 없었다. 남자들의 행동이 너무나 자연스러워 강대한 씨는 비명을 질러야 한다는 생각조차 하지 못했다. 앞자리에 각각 한 사람씩, 뒷자리에는 강대한 씨를 가운데 두고 두 사람이 탔다. 강대한 씨의 차가 출발하자 승합차 두 대가 뒤를 따랐다.

"당신들, 누구요?"

강대한 씨가 용기를 내어 입을 열었다. 조수석에 앉아 있던 남자가 고개를 돌리고 말했다.

"저희 용무가 급해서 실례를 저질렀습니다. 나쁜 의도는 아니니 잠시 동행하시지요."

"어디로 가는 겁니까?"

"선생님을 만나고 싶어 하는 분이 계십니다."

"그게 누군데요?"

"만나면 아실 겁니다."

차 세 대가 일정한 간격으로 달려 커다란 빌딩의 지하 주차장으로 들어갔다.

지하 일층에서 차가 멈췄다.

"다 왔습니다."

차에서 내린 강대한 씨 앞에는 검은색 리무진이 있었다. 차라기보다는 잠수함처럼 길고 검었다. 키가 크고 턱선이 날렵한 젊은이가 자동차 문을 열어 주며 말했다.

"기다리고 계십니다."

차 안에서 활짝 웃으며 손을 내미는 사람이 보였다. 함라그룹 회장이었다.

다들 함라그룹의 상징을 별이라고 알고 있지만 사실은 불가사리였다. 위를 몸 밖으로 내밀고 먹이를 싸안아 소화시키는 불가사리는 함라그룹의 경영 방침을 상징적으로 보여 주었다. 수십만 톤의 유조선부터 동네 골목의 편의점 어묵꼬치까지, 팔 수 있는 것이라면 무엇에든지 함라그룹의 불가사리 마크가 붙어 있었다.

함라병원에서 태어나 함라분유를 먹고 함라고등학교와 대학교에서 공부하며, 함라그룹에 입사해 함라컴퓨터로 일하고, 함라호텔에서 결혼해 함라아파트에서 살고, 함라전화기로 이야기하고, 함라자동차를 타며, 함라의 보험 서비스를 받다가 함라공원묘지에 눕는 삶. 이것이 이 나라 대부분의 사람들이 꿈꾸는 완벽한 삶이었다.

함라그룹에는 수백 개의 기업이 있지만, 특히 함라텔레콤이 다른 모든 회사를 합친 것보다 컸다. 함라텔레콤은 작년 기준으로 전 세계 회사 가운데 8위. 어지간한 나라의 국민총생산보다 매출이 컸다. 한국의 함라가 아니라 함라의 한국이라는 말이 있을 정도였다. 불과 십 몇 년 전만 해도 함라가 이렇게 커질 줄 아무도 몰랐다.

하지만 빨리 솟아오르면 빨리 떨어지는 법이었다. 성장하지 못하는 순간 기업은 죽은 거나 마찬가지였다. 경영자 처지에서는 함라그룹의 매출을 이끄는 함라텔레콤의 초고속 항진이 끝나기 전에 새로운 추진력을 찾아야 했다.

새로운 돌파구를 찾기 위해 함라그룹 기획실은 함라 특유의 정보망을 가동했다. 다른 국가와 기업의 기밀까지 속속들이 파악하는 판에 국내 기업의 정보 정도는 손쉽게 확보할 수 있었다. 전부터 1, 2위를 다투던 나우쯤은 이제 경쟁 상대도 아니었다. 그래도 동향은 주시할 필요가 있어서 사람을 심어 정보를 수집했는데, 그 가운데 하나가 강대한 씨의 제안서였다.

기획실에서 선별한 정보들 중 강대한 씨의 제안서를 본 순간 함라 회장의 머릿속에는 어떤 구상이 떠올랐다. 가능하지 않을 것 같아 미뤄 두었던 사업, 지금까지 한국에서는 누구도 생각해 보지 못한 사업이었다. 회장은 자기와 비슷한 사업 구상을 하는 사람이 있다는 것에 놀랐고, 구체적인 계획을 혼자 힘으로 거의 완성했다는 것에 더욱 놀랐다. 그래서 그 구상의 가능성을 확인해 보기 위해 직접 강대한 씨를 만나러 나온 것이다. 뒤늦게 제안서를 보았기 때문에 이미 나우의 설명회가 시작되었다고 했지만, 회장은 강대한 씨를 붙잡을 자신이 있었다.

"제가 강 선생을 모셔 오라고 일렀습니다. 불쾌하셨다면 죄송합니다."

힘주어 잡았던 강대한 씨의 손을 놓으며 함라그룹 회장이 말했다.

"그냥 좀 놀랐을 뿐입니다. 그런데 저 같은 사람을 왜……?"

"나누고 싶은 이야기가 있어서요. 강 선생 같으면 이야기가 통할 것 같습니다."

"무슨 말씀이신지."

강대한 씨 이마에 주름이 생겼다.

"시간이 많지 않으니 우리 솔직하게 이야기해 봅시다. 나는 '보이지 않는 손' 계획에 대해 들어 보고 싶어서 나왔습니다."

회장이 사람 좋은 미소를 지으며 말했다.

"그걸 어떻게 아십니까?"

"가치를 아는 사람에겐 보물이 보이는 법이지요."

강대한 씨는 잠시 생각에 빠졌다. 방금 놓친 기회보다 더 큰 행운이 찾아온 거라면 확실히 붙잡아야 했다. 그렇지만 쉽게, 싸게 보여서는 안 될 일이었다. 관심이 없다면 이렇게까지 나올 리가 없었다. 강대한 씨는 재빨리 머리를 썼다.

"방금 전에 나우 회장님 앞에서 설명회를 마친 터라 말씀드리기가 좀…….."

"거절당하셨지요."

회장은 여전히 웃고 있었다. 강대한 씨 얼굴이 빨개졌다. 회장이 말을 이었다.

"그래서 나우가 이류인 겁니다. 어떤가요. 그 설명을 나한테 해 주시면 나도 내 비밀을 하나 알려 드리지요."

강대한 씨의 머릿속에 떠오르는 한마디가 있었다.

'가장 마지막에 할 말을 가장 먼저 하시오.'

강대한 씨는 미음을 정했다. 기회를 두 번 놓칠 수는 없었다.

"보이지 않는 손은 세상을 바꿀 수 있는 계획입니다."

강대한 씨가 입을 열었다. 회장이 고개를 끄덕였다. 강대한 씨는 다른 사람을 위해 준비했다가 미처 풀어내지 못한 이야기를 차근차근 끄집어냈다. 단 한 사람을 위한 설명회였지만, 그 대상이 함라그룹 회장이라면 그럴 만한 가치가 있었다. 조용하고 차분하게, 때로는 강하게 방점을 찍어 가며 강대한 씨는 설명을 계속했다.

"보이지 않는 손은 결국 시스템입니다. 어디에 어떻게 응용하느냐에 따라 게임 이상의 의미가 있습니다."

강대한 씨가 말을 마쳤다.

회장은 굳은 얼굴로 깊은 생각에 잠겨 있었다. 강대한 씨가 회장을 바라보았다.

'나는 최선을 다했다. 공은 넘어갔어.'

강대한 씨는 마음이 편안했다. 보여 줄 수 있는 것은 모두 보여 줬다. 결정은 회장 마음에 달려 있다. 곧 모든 것이 끝난다. 강대한 씨는 회장이 뭔가를 고민하고 있다고 생각했다. 무슨 말을 꺼낼 것인가, 회장이 뜸을 들이는 동안 강대한 씨의 심장 소리가 점점 더 커졌다.

잠시 뒤 회장이 눈을 떴다. 강대한 씨는 회장의 눈치를 살폈다. 회장이 마이크 스위치를 켜더니 방음 칸막이로 둘러싸인 앞자리의 비서에게 말했다.

"한강을 보고 싶군."

비서가 기사에게 지시를 내리자 리무진이 주차장을 빠져나왔다. 강대한 씨는 초조한 마음으로 기다렸다. 곧 한강이 나왔다. 대형 리무진이 강가의 자동차 전용 도로를 빠르게 달렸지만 차 안은 한밤중처럼 조용했다. 강대한 씨는 소리가 날까 봐 침조차 삼킬 수가 없었다.

회장이 창밖을 보며 입을 열었다.

"이제 내 비밀을 말할 차례군요. 아까 설명을 들으면서 내 꿈이 떠올랐습니다. 아무에게도 말하지 않은 꿈이지요."

강대한 씨는 숨소리를 죽였다. 그 꿈이 무엇이든 강대한 씨의 꿈과 연결되어 있기를 바랄 뿐이었다.

"사람들은 대부분 돈을 삶의 목표로 삼지요. 나도 그랬으니까요. 그런데 돈을 어느 정도 버니까 그게 의미가 없어지더란 말입니다. 백억이든 천억이든 다 쓰지 못하고 죽을 바에야 그냥 회계상의 숫자에 불과하지요. 그렇지만 내 손안에 있는 동안 이걸 도구 삼아 뭘 해 봐야겠다는 생각이 드니까 돈의 의미가 달라졌어요. 강대한 씨는 돈이 많으면 뭘 하겠습니까?"

강대한 씨는 재혼한 전 아내를 떠올렸다. 게임으로 돈을 많이 벌어 아내가 후회하게 만들고 싶었지만 이미 지난 일이었다. 사랑했기 때문에 가슴 아파서 몸부림치던 시간들이 지나자 이제는 아내도 아들도 부질없었다. 증오보다 강한 것이 무관심이었다.

이제 강대한 씨는 세상을 뒤흔들고 싶었다. 외면당했던 게임 제작자가 세상을 어떻게 바꾸는지 똑똑히 보여 주고 싶었다. 그 계획이 완성되는 날 세상은 강대한 씨를 다시 보게 될 것이 분명했다. 존경하고 사랑하면서도 두려워하게 될 것이다. 그러기 위해 함라그룹의 도움이 절실했다.

"세상을 움직여 보고 싶습니다."

"그거 재미있군요. 내 꿈도 그렇습니다. 세상을 내가 믿는 정의대로 움직여 보는 것, 이를테면 당분간 신이 되는 것이지요."

게임 세상에서는 가능한 일이었다. 그래서 다들 게임에 빠져드는 것이다. 그렇지만 돈으로 세상을 살 수 있을까? 얼마만큼 돈이 필요할까? 강대한 씨는 자기도 모르게 고개를 저었다. 회장이 웃었다.

"불가능하다고 생각할지 모르겠지만 함라그룹 정도면 이 나라를 움직이는 게 가능하지요. 실제로 그러고 있기도 하고요. 한 나라를 움직일 수 있으면 다른 나라도 움직일 수 있습니다. 시작이 어려울 뿐이에요."

강대한 씨는 회장을 바라보았다. 허풍 같기도 하고 정말 그럴 수 있을 것 같기도 했다.

회장이 작정한 듯 말을 이어 갔다.

"돈을 목표로 삼지 않고 수단으로 생각하면 가능합니다. 돈을 수단으로 정부의 기능을 하나씩 사들이면 되지요. 민영화나 사영화나 같은 말인데 아주 좋은 방법이에요. 정치인을 지렛대로 쓰면 간단합니다. 수수료가 좀 들지만 남는 게 더 많아요. 우리가 돈을 대는 만큼 정치인은 일을 합니다. 심부름 대행 서비스처럼 말이지요. 통신? 교육? 주도권은 벌써 기업으로 넘어왔지요. 수도, 전기, 의료보험도 곧 넘어옵니다. 교통, 치안, 행정, 징세도 그렇고요. 처음이 어렵지 두 번째부터는 쉬워요. 마지막까지 남는 게 군대인데, 군대도 벌써 절반은 기업들 손에 들어와 있어요. 군사 대국 미국도 민간 기업이 제공하는 군사 서비스가 없으면 전쟁을 못 할 정도니까요. 공무원도 파견직, 임시직, 비정규직으로 다 바꿀 수 있어요. 자기들만큼은 철밥통이라 생각하겠지만 과연 그럴까요?"

강대한 씨가 고개를 끄덕였다. 함라그룹이라면 할 수 있을 것 같았다.

회장이 강대한 씨의 손을 잡았다.

"평민들은 몰라요. 전쟁은 이미 시작되었습니다. 다른 나라 기업들보다 먼저 우리 함라그룹이 이 나라를 차지해야 해요. 함라라면 그럴 수 있지요. 나는 몇 발 앞서 미래를 봅니다. 외국 기업들이 정부라는 문어의 팔다리를 잘라 먹는 데 만족한다면 나는 머리통을 공략할 작정이에요. 내 목표는 국민들, 세금이라는 요금을 내는 구매자들이 정부를 선택할 수 있게 만드는 거예요. 기업이 내놓을 수 있는 최대의 상품이 바로 정부가 되는 겁니다. 단일 정부아밀로 독점사업 아닙니까? 자본주의 자유경쟁 체제에 역행하는 방식이지요. 난 정부를 상품화할 생각입니다. 휴대전화 회사를 고르듯 정부를 선택하는 거지요. A정부, B정부, C정부를 골라서 세금을 내고 돈을 낸 만큼 합당하고 차별화된 서비스를 받는 겁니다. 정부 자체를 사영화하는 거지요. 필요하다면 대통령도 수입할 수 있어야 진정한 자유시장경제라 할 수 있어요. 그 꿈을 이루는 데 강대한 씨의 계획이 보탬이 될 거라는 생각이 듭니다."

회장이 손에 힘을 주었다. 강대한 씨는 회장의 손을 바라보았다. 크기는 다르지만 같은 꿈을 꾸고 있다는 생각이 들었다. 회장의 꿈을 듣자 강대한 씨의 꿈도 구체화되었다.

"그런데 보이지 않는 손 계획과 회장님의 꿈이 어디서 어떻게 연결되는 건가요?"

"그건 차차 시간을 두고 이야기합시다. 그 프로젝트를 우리 함라에서 추진하는 걸로 하죠."

강대한 씨가 침을 꿀꺽 삼켰다.

"결정하신 건가요?"

"일단은 모든 걸 비밀로 합시다. 우리 그룹 내에서도 몇 명만 알고 있겠습니다. 워낙 큰 프로젝트라서 기밀이 새어 나가면 안 되니까요. 지원 팀을 따로 붙여 줄 테니 필요한 걸 요청

하세요. 모든 일을 강 선생이 기획하고 주관하는 걸로 하겠습니다."

강대한 씨는 자기도 모르게 회장의 손을 꾹 잡았다.

보이지 않는 손 계획이 시작되는 순간이었다. 두 남자는 손을 놓고 창밖을 바라보았다.

리무진은 암사동을 지나고 있었다. 도로 옆에 서 있는 선사 유적지 간판에 돌도끼를 든 원시인이 그려져 있었다. 도로 반대쪽 강가에는 무선조종 비행기 비행장이 있었다. 큼직한 무선조종 비행기와 헬리콥터들이 하얀 연기를 내뿜으며 엔진 소리도 상쾌하게 하늘을 날아다녔다. 긴 안테나가 달린 무선송신기로 비행기를 조종하는 사람들이 눈에 띄었다.

강대한 씨는 그 사람들을 눈여겨보았다. 강대한 씨의 새 게임이 나오기만 하면 저 사람들은 무선조종 비행기 따위는 쳐다보지도 않게 될 것이다. 강대한 씨는 자신이 있었다. 옆자리에 앉은 함라그룹 회장이 인정한 계획이었다. 회장의 선택으로 강대한 씨의 계획은 검증을 받았다. 이제 2단계는 끝이 났다. 3단계를 진행할 때였다.

게임 세상

"이제 야구는 꿈도 꾸지 마."

"왜 엄마 마음대로 글러브랑 공을 팔아?"

"팔긴 누가 팔았다고 그래. 이웃돕기 가게에 기증했다니까!"

"몰라. 당장 찾아올 거야."

"찾아와? 엄마랑 아빠가 야구 때문에 얼마나 고생하는지 알면서 그런 말을 해?"

찬세는 방바닥에 주저앉았다. 야구를 못하는 것도 괴로운데 보물 1호 야구 글러브가 없어졌다. 부드럽게 길이 잘 들어 공이 착착 붙는 가죽 글러브를 생각하자 눈에 눈물이 고였다.

찬세 엄마는 모르는 척 쐐기를 박고 방을 나왔다.

"정신 차리고 이제부터 다른 애들처럼 공부만 생각해."

학교가 끝나고 집으로 오는 건 오늘까지다. 내일부터 찬세는 학교에서 바로 학원으로 가야 한다. 찬세 엄마는 아들을 어떻게 교육해야 할지 내내 고민했다. 다른 집 아이들을 보니 그동안 찬세를 너무 놓아기른 것 같았다. 다른 엄마들 이야기를 들어 봐도 벌써부터 다들 고등학교에 목을 매고 있었다. 좋은 고등학교에 들어가야 좋은 대학교에 가고, 그래야 좋은 회사에 들어갈 수 있다.

일류대에 들어가지 못하면 낙오자가 된다는 진리를 찬세 엄마만 모르고 있었다. 나름대로 열심히 하다 보면 일등은 못해도 꼴등은 하지 않을 거라고 생각했다. 다들 초등학교 때부터 장거리 달리기를 시작했는데, 찬세만 출발 신호가 울린 줄도 모르고 몇 년을 놀고 있었다. 그 격차를 생각하니 찬세 엄마는 울고만 싶었다. 시골에서는 몰랐는데 도시에 오니 다들 눈이 토끼처럼 빨개져 있었다. 찬세네 가족만 거북이었다. 그것도 낮잠 자는 거북!

어제 새로 문을 연 '강너머 학원'에 들러서야 겨우 방법을 찾은 것 같았다. 마침 '개원 기념 20퍼센트 할인'이라는 광고가 보여서 다행이었다. 상담실장은 찬세가 학원에 다닌 적이 없다는 이야기를 듣더니 그런 학생은 천연기념물, 야생 소년이라고 딱 잘라 말했다.

"그건 방치고 무책임입니다. 학생 성적이 어머니 성적이에요. 요즘은 학교 교육만 가지고는 명문 대학에 갈 수가 없어요. 명문대에 못 가면 취직도 못 하고 인생 낙오자가 되는 거지요. 학교 교육은 그냥 밥 같은 기. 단체 급식 같은 거예요. 밥만 먹는다고 굶어 죽지야 않겠지만, 고기에 보약에 영양제에 근육 강화제에 성장 촉진제까지 먹는 아이들과 경쟁할 수는 없죠. 개천에서 용 나던 시절은 지났습니다. 개천은 다 콘크리트로 덮여서 차가 다녀요. 지금이라도 이렇게 학원에 와서 상담을 하셨으니까 다행이긴 하지만 찬세는 많이 늦은 거예요. 강너머에서는 찬세 또래들이 벌써 고등학교 과정을 공부한다니까요."

찬세 엄마는 일단 강너머 학원에 찬세를 맡겨 보기로 했다. 늦었다고 했지만 너무 늦은 건 아니기를 바랄 뿐이었다. 찬세 엄마는 지갑에서 학원비 영수증을 꺼내 가계부에 끼워 놓았다. 아직 찬세 아빠에게는 말하지 않았다.

'말해 봐야 고민만 늘겠지.'

찬세 엄마는 하루에 여덟 시간 근무하는 동네 마트 계산원 일을 네 시간 더 늘려야겠다고 생각했다. 될지 안 될지 모르지만, 떼라도 써 볼 생각이었다.

"여러분은 물 밑의 악어처럼 조용히 움직여야 합니다. 게임 천재를 발견하면 조용히 다가가 확실하게 물어 오십시오."

강대한 씨가 강당에 모인 젊은이들을 교육시켰다. 젊은이들

은 전국에서 모인 게임 고수들로, 각종 컴퓨터게임 대회 수상
자들과 여러 인터넷게임 순위 십 위 안 쪽의 실력자들이었다.

고수는 고수를 알아본다. 교육을 마친 게임 고수 백 명은 전
국 곳곳을 찾아다니며 게임 천재들을 직접 발굴하게 된다. 단
지 천재를 찾는 것뿐이라면 텔레비전에 광고를 해서 게임 대
회를 여는 게 더 쉬운 방법이지만 강대한 씨는 아무도 모르게
일을 진행하고 싶었다. 이번 계획을 지원하는 함라그룹 회장
도 같은 생각이었다. 왼손이 하는 일을 왼쪽 손목도 모르게 해
야 했다. 게임 천재 찾기는 겨우 시작일 뿐이다.

교육을 받던 젊은이 가운데 한 명이 손을 들었다. 명찰을 보
니 제1회 좀비사냥 게임 8강에 올랐던 ID '대패삼겹살'이었다.

"궁금한 게 있는데요, 왜 꼭 중학생 이하여야 합니까? 우리
도 전국 최강자들입니다."

"맞아요. 애들보다는 우리가 낫잖아요."

젊은이들이 웅성거렸다. 강대한 씨가 손을 내저었다.

"여러분 말이 맞습니다만, 이번 게임은 15세 이하 전용 게
임이에요."

"우리도 정신연령은 초등학생인데."

누군가 중얼거리자 다들 쓴웃음을 지었다.

"여러분이 찾은 게임 천재들은 먼저 1차 시험을 치를 겁니
다. 1차 합격자는 2차 시험을 치릅니다. 자기가 찾아낸 게임
천재가 2차 시험을 통과하면 선발 수당은 1차의 세 배, 최종

시험을 통과하면 열 배의 특별수당을 드립니다. 여러분의 성
공을 빕니다."

천재 사냥꾼이 된 게임 고수 젊은이들이 강낭을 빠져나갔
다. 교통비와 숙식 제공에 출장비까지 나왔다. 공짜로 전국 여
행도 하고, 게임도 하고, 돈도 벌 수 있는 기회였다. 게다가 운
이 좋으면 특별수당도 두둑하다. 젊은이들은 산삼을 캐러 가
는 심마니 같은 심정으로 기차역과 버스 터미널, 공항으로 향
했다.

젊은이들의 뒷모습을 지켜보던 강대한 씨가 혼잣말로 중얼
거렸다.

"왜 애들이냐고? 애들은 너희처럼 따지지 않기 때문이지."

찬세는 오늘도 앞자리 여자아이의 머리끈만 보다가 집에 왔
다. 그 애의 머리끈은 날마다 바뀌었다. 찬세는 학원에 가도
별로 공부를 하지 않았다. 원래 공부에 관심이 없는 데다가 학
원에 늦게 들어가서 수업을 따라가기가 힘들었다. 다들 잘 아
는 얼굴로 고개를 끄덕이는데 혼자만 모른다고 할 수도 없어
서 아는 척 표정 관리를 할 뿐이었다. 특히 수학과 영어는 한
국말이 아니라 일본말로 수업을 하는 것 같았다. 일본말이라
는 건 안다고 쳐도 무슨 뜻인지는 알 수가 없었다.

학교 수업은 그럭저럭 지나가지만 학원에 오면 바보가 된
듯했다. 찬세 실력을 알게 된 학원 강사가 난처한 표정을 지었

다. 따로 설명해 주는 데도 한계가 있었다. 찬세에게 설명하는 시간이 길어질수록 다른 학생들 얼굴이 일그러졌다.

학원에서 걸려 온 전화를 받은 찬세 엄마 얼굴이 심각해졌다. 상담 전화는 짧게 끝나지 않았다. 상담실장은 찬세에게 주말 특별 보충반 수업이 필요하다고 했다. 토요일 오후와 일요일 내내 듣는 특별반 수업은 찬세처럼 수업을 따라가지 못하는 학생들을 위한 수업이었다. 두세 명만 받는 특별 수업이라 학원비도 특별했다. 머뭇거리며 학원비를 물어본 찬세 엄마가 입술을 꼭 깨물었다.

"사실 저희니까 찬세를 끌고 가 보려고 특별반 수업도 여는 겁니다. 요즘 찬세 같은 아이, 뉴스에 나올 만큼 희귀합니다, 허허."

상담실장은 인심이라도 쓴다는 듯 웃었다.

엄마도 찬세가 공부를 잘하지 못한다는 건 알고 있었다. 집 주변 십 킬로미터 안에 학원 하나 없던 시골에서도 찬세는 공부를 잘하는 편이 아니었다. 그래도 엄마는 찬세가 공부를 안 해서 그렇지 머리가 나쁜 건 아니라고 생각했다. 농사일 도울 때나 말하는 걸 보면 머리가 잘 도는 편이었다. 하지만 지금 찬세 엄마는 심각하게 고민하고 있었다. 찬세가 머리가 나빠서 공부를 못하는 건 아닐까? 찬세를 보는 눈이 고울 리가 없었다.

찬세 엄마는 얼마 전부터 마트에서 일하는 시간을 네 시간 더 늘렸다. 아침 여덟 시 반에 나가 밤 열 시 반에 들어오기 때문에 찬세를 볼 시간이 별로 없었다. 찬세는 엄마보다 조금 일찍 집을 나서기 때문에 밤늦게야 서로 얼굴을 볼 수 있었다.

집에 와서도 찬세는 전혀 공부를 하지 않았다. 하루 내내 시달리다 돌아왔으니 집에서는 조금 쉬고 싶었다. 그렇지만 숙제가 찬세를 그대로 놔두지 않았다. 학교 숙제도 만만치 않은데 학원 숙제도 날마다 산더미 같았다. 아빠한테 물어보면 문제집을 한참 노려보다가 귀 뒤를 긁적이기 일쑤고, 밀린 집안일 때문에 바쁜 엄마한테 물어보면 짜증 나는 목소리로 아빠를 불러 댔다.

찬세는 아예 숙제를 꺼내지 않았다. 한두 번은 밤을 새워 한다고 해도 다음 숙제가 또 기다리고 있었다. 빈 공책과 문제집을 본 학원 강사는 찬세가 왜 공부를 못하는지 이유를 알겠다는 표정이었다. 숙제를 제대로 해야 수업을 따라갈 수 있다고, 힘내서 숙제를 해 오라며 학원 강사가 달랬지만 숙제를 못해서 수업을 못 따라가는지, 수업을 못 따라가서 숙제를 못하는지 찬세는 도무지 알 수가 없었다. 다른 애들은 이 엄청난 숙제를 어떻게 해 오는 걸까? 신기하고 궁금할 뿐이었다.

책을 펼치면 찬세는 머릿속이 멍했다. 닳아 버린 건전지를 끼운 손전등처럼 눈앞이 희미해졌다. 처음에는 수업 시간에만 멍했는데 이제는 수업이 끝나도 그랬다. 온 세상이 안개 낀 것처럼 흐려 보였다. 찬세는 가끔 눈을 뜬 채로 꿈을 꾸었다.

꿈속에서 찬세는 야구를 했다. 흩어져 버린 불방망이 팀 선수들이 다시 모여 시합을 했다. 야구방망이를 어깨에 얹고 공을 기다린다. 무릎을 살짝 굽히고 온몸을 긴장시킨다. 공이 큼직하게 보이면 방망이에 체중을 실어 힘껏 휘두른다. 깡! 맑고 높은 소리가 울려 퍼진다. 관중이 지르는 환성을 들으며 일루, 이루, 삼루를 돌아 홈으로 천천히 뛰어온다. 두 발을 모아 팔짝 홈을 밟는 기분. 기다리던 선수들과 손바닥을 부딪치는 기분. 물 한 모금 마시고 잔디 바닥에 털썩 주저앉을 때의 그 기분.

갑자기 귀에 익은 목소리가 들렸다.

"숙제 꼭 해 와! 알았지?"

수강생들이 우르르 강의실을 빠져나가고 찬세 혼자 남았다. 강의실 불을 끄려던 학원 강사가 찬세를 보았다.

"안 가니? 늦게 가면 버스 못 타잖아."

학원 버스를 타고 집에 갈 시간이었다. 터벅터벅 강의실을 나오는 찬세를 향해 강사가 외쳤다.

"내일 시험이니까 공부 좀 해!"

찬세는 계단을 내려가며 한숨을 쉬었다.

점심시간에 찬세는 태웅이와 우유 팩 야구를 했다. 찬세가 우유 팩을 뭉쳐서 던지면 태웅이가 빗자루로 때렸다. 진짜 야구만큼은 아니지만 꽤나 재미있었다. 온 힘을 다해 던진 우유 팩처럼 점심시간이 휙 지나가 버렸다.

"학교 끝나고 또 할까?"

교실로 들어가면서 태웅이가 물었다.

"나 학원 가야 돼."

"나는 뭐 학원 안 다니는 줄 알아?"

태웅이가 씩 웃었다.

찬세는 태웅이의 웃음이 무슨 뜻인지 알아차렸다. 어차피 학원 숙제도 안 했다. 게다가 오늘은 학원 시험을 보는 날이다. 다들 척척 문제를 푸는데 바보처럼 시험지만 노려보고 있으려면 짜증이 날 게 뻔했다. 찬세는 학원을 빼먹기로 했다.

학교가 끝나자 태웅이는 찬세를 끌고 피시방으로 향했다. 우유 팩 야구보다 천 배는 더 재미있는 게임을 알려 주겠다고 했다. 태웅이를 따라가면서 찬세는 전에 태웅이가 냈던 게임비를 떠올렸다. 아직까지 갚지 못한 빚이었다. 오늘도 태웅이가 돈을 내게 할 수는 없었다. 찬세는 가방 속 봉투에 들어 있는 특별반 학원비가 생각났다. 오늘만 잠깐 빌려서 쓰는 거다. 어떡하든 채워서 학원비를 내면 된다. 마음을 결정한 찬세가 그제야 힘차게 걸었다.

모니터 앞에 앉은 태웅이가 요즘 재미 붙인 게임을 시작했다. 찬세는 자기 게임은 시작도 하지 못하고 태웅이 모니터를 바라보았다.

태웅이가 빈 건물에 들어가 적과 싸웠다. 진짜 건물 안을 누비는 것처럼 실감 나는 화면이었다. 태웅이가 들고 있는 총이 화면 가운데 있었다.

"무기를 바꿀 수 있어. 이렇게."

태웅이가 키보드를 두드리자 무기가 바뀌었다. 칼집에서 나오면 피를 봐야만 다시 들어간다는 쿠그리 단도와 날카로운 손도끼 토마호크, 구경 9밀리미터 자동 권총, 강력한 산탄총, 망원 조준경이 달린 저격용 소총, 5.56밀리미터 돌격 소총, 7.62밀리미터 기관총이 척척 등장했다.

태웅이는 무기를 바꿔 가며 적과 싸웠다. 드르륵 총을 쏘면 구리 탄피가 비 오듯 쏟아졌다. 총알을 맞은 적이 쓰러지면 피가 튀고 비명 소리가 들렸다. 적이 쓰러지자 찬세는 자기도 모르게 몸을 움찔했다. 그렇지만 이미 죽은 적에게 마음 쓸 여유가 없었다. 살아 있는 적이 아직도 많았다.

적을 하나 쓰러뜨려 놓고 좋아하던 태웅이가 소리를 질렀다.

"앗! 당했다."

뒤에서 다가온 적이 태웅이를 쓰러뜨렸다. 찬세는 자기도 모르게 뒤를 돌아보았다. 어두운 피시방 안에 저마다 다른 화면이 떠 있는 모니터 수십 개가 보였다. 진짜 적은 없다. 그렇지만 모니터만 바라보면 등 뒤에 진짜 적이 숨어 있는 것 같았다.

태웅이는 찬세에게 게임하는 법을 자세히 가르쳐 주었다. 찬세와 태웅이는 컴퓨터 안에서 만나 총을 들고 싸웠다. 찬세는 가슴이 뛰었다. 야구방망이를 들고 타석에 들어섰을 때만

큼 긴장이 되었다. 야구는 혼자서 할 수 없지만 게임은 혼자서
도 할 수 있다.

찬세는 게임 속으로 빠져들어 갔다. 옆자리에 누가 앉아 있
는지도 생각나지 않았다. 빼먹은 학원도, 학원 시험도, 엄마
도, 아빠도 생각나지 않았다. 오직 손에 쥔 총과 눈앞에 펼쳐
진 건물과 건물 어딘가에서 나타나는 적만이 머릿속을 가득
채웠다. 찬세의 손가락이 움직일 때마다 총알이 쏟아졌다.

타타타타타타!

마음만 먹으면 총을 쏠 수 있었다. 총알이 목표에 맞으면 파
편이 튀고 먼지가 일었다. 탄피가 우박처럼 쏟아지면 속이
시원했다. 키보드에 손을 올리고 마우스를 잡았을 뿐인데 진
짜 총을 든 것처럼 자신감이 생겼다. 뭐든지 쓰러뜨릴 수 있
을 것 같았다. 찬세는 정신없이 건물 안을 누비고 다녔다. 적
이 쏘기 전에 먼저 쏘아야 했다. 적이 뒤에서 다가오기 전에
적 뒤로 다가가야 했다.

태웅이와 찬세는 같은 건물 안을 분주히 돌아다녔다. 모니
터 안에서는 서로가 서로의 적이었다. 마운드와 타석에서 만
난 느낌보다 더 짜릿했다. 그때는 이기려고 했을 뿐, 죽이려고
까지는 하지 않았다. 이제는 죽이는 게 이기는 거였다.

편지 봉투에 들어 있던 특별반 학원비가 날마다 줄어들었
다. 도저히 채울 수 없을 만큼 돈을 써 버리자 찬세는 아예 포

기를 했다. 찬세는 학원에 가서 거짓말을 했다.

"엄마가 특별반은 다음 달부터 다니래요."

찬세 엄마는 찬세가 주말에도 학원에 가는 줄 알았지만 찬세는 가방을 메고 피시방으로 갔다. 이제는 찬세도 태웅이만큼 잘할 수 있었다. 게임의 세계는 넓고도 깊었다. 해 보지 않은 게임이 엄청나게 많았다.

그러나 재미있는 게임은 대부분 성인용이었다. 성인 인증을 할 수 있는 주민등록번호가 있어야 게임을 할 수 있다. 잠깐 고민했지만 문제는 쉽게 풀렸다. 태웅이가 방법을 알려 줬다. 의료보험증에서 아빠 주민등록번호를 보고 입력하면 된다. 게임 세상에서 찬세는 어른이었다. 묻지도 않고 따지지도 않는 세상. 나이보다 실력이 먼저인 세상. 찬세는 게임 세상이 좋았다.

찬세와 태웅이는 어느덧 게임 고수가 되었다. 재능 덕분인지 집중력 덕인지 한 게임 할 때마다 실력이 쑥쑥 늘었다. 게임은 대부분 요령이 비슷했다. 빠른 반사 속도로 명령어를 숙달하고, 키보드와 마우스를 여섯 번째 손가락처럼 능숙하게 다루고, 게임의 흐름을 한 단계 앞서 예측하면 된다. 하나를 잘하면 다른 게임도 금방 잘할 수 있었다.

찬세는 날마다 총을 들고 텅 빈 건물에 들어가 적들을 쏴 죽이고, 비행기로 도시를 폭격하고, 상대방 전투기들을 격추시키고, 외계 종족을 조종해 상대방 종족과 전쟁을 벌이고, 괴물들로 가득한 도시에서 기관총을 마구 쏘며 괴물 청소를 하기도 하고, 중세 시대로 돌아가 도끼와 창으로 상대편을 쓰러뜨리기도 했다. 찬세와 태웅이가 게임을 하고 있으면 뒤에서 구경하는 사람들이 있었다. 찬세는 부러워하는 사람들의 눈길이 기분 좋았다.

오늘도 학원을 빼먹고 게임을 했다. 새로 학원비를 타서 당분간 게임비 걱정도 없었다. 언제 들킬지 모르지만 그때까지는 어쨌든 게임을 할 수 있다. 걱정이 될수록 게임에 빠져들었다. 게임은 모든 고민을 잊게 했다. 물론 게임을 할 때뿐이지만, 그래서 더 게임을 하게 만들었다.

두 시간쯤 지나자 태웅이가 찬세 옆구리를 쿡 찔렀다.

"나 조금 있으면 가야 돼. 빨리 한판 붙자!"

찬세는 하고 있던 좀비사냥 게임을 서둘러 끝내고 요즘 재미 붙인 비행 전투 게임을 시작했다. 전투기 조종사가 되어 넓은 하늘에서 일대일 공중전을 벌이는 게임이었다.

찬세와 태웅이는 어떤 게임을 하든 실력이 비슷했지만 비행 전투 게임은 태웅이가 더 나았다. 둘은 초음속 전투기를 타고 신나게 하늘을 누볐다. 상대방 전투기 꼬리를 먼저 잡는 사람이 승자였다. 잡힌 사람은 빨리 도망치려 하고, 잡은 사람은 상대방 꼬리를 절대 놓치지 않으려 했다.

태웅이가 찬세 전투기 꼬리를 악착같이 따라다니며 공대공 미사일을 쏘았다. 찬세는 할 수 있는 모든 기술을 다 동원해 태웅이의 공격을 피해 다녔지만 열 번 잘 피해도 한 번 못 피하면 끝이었다. 결국 찬세 전투기는 한 번도 제대로 공격해 보지 못하고 태웅이가 쏜 미사일에 맞아 공중에서 산산조각이 났다.

"8대 3!"

지금까지 태웅이가 여덟 번 이겼다. 태웅이가 찬세 어깨를 두드렸다. 찬세는 태웅이 손을 밀어냈다.

"힘내. 열심히 노력하면 이길 날이 있을 거야. 한 삼십 년 뒤쯤? 크크크."

"삼 주면 돼."

둘이 티격태격하며 피시방 계단을 내려올 때, 급히 뒤따라 내려오는 발소리가 들렸다.

"얘들아! 잠깐만!"

젊은 남자가 찬세와 태웅이 사이에 끼어들며 어깨동무를 했다. 모르는 사람이었다. 찬세는 겁이 덜컥 났다.

'깡패?'

찬세는 가방 속에 들어 있는 학원비가 생각났다. 그걸 뺏기면 앞으로 한 달 동안 피시방은 안녕이다. 찬세가 태웅이 눈치를 살폈다. 태웅이 표정도 얼어 있었다. 찬세는 혼자라도 도망쳐야겠다고 생각했다. 비겁하지만 피시방 게임비를 지키기 위해서였다고 하면 태웅이도 이해해 줄 것이다. 둘이 함께 쓸 게임비니까. 눈치를 봐서 튀자. 하나, 둘!

찬세가 마음속으로 셋을 세기 전에 젊은 남자가 말했다.

"너희들 프로게이머 될 생각 없냐?"

"아저씨 누구세요?"

젊은 남자가 씨 웃으며 말했다.

"형 나쁜 사람 아니니까 겁내지 않아도 돼. 너희들 혹시 올봄에 게임 티브이에서 중계한 제1회 좀비사냥 게임 전국대회 봤냐? 8강전에서 탈락한 전기톱의 달인 ID 대패삼겹살이 바로 나야."

"못 봤는데요."

"내 게임 장면이 오 분이나 나왔는데 못 봤어? 얼굴도 세 번이나 나왔는데 모르겠어?"

"모르겠는데요."

"너희들 게임을 많이 사랑하지 않는구나. 어쨌든 나 텔레비전에 나온 사람이니까 안심해도 돼. 난 프로게이머 훈련생을 찾고 있어. 피시방에서 쭉 지켜봤는데 너희들 솜씨라면 충분할 것 같아. 프로게이머가 되면 대학도 갈 수 있고 돈도 많이 버는데, 어때?"

찬세와 태웅이는 서로 얼굴을 마주 봤다. 돈을 많이 벌 수 있다는 말이 귓가에 맴돌았다. 찬세는 엄마를 떠올렸다. 허리와 무릎이 아파 자면서도 끙끙대던 엄마, 가계부를 펴 놓고 전자계산기를 두드리던 엄마, 학원에서 보낸 찬세 성적표를 뚫어지게 노려보던 엄마.

"공부도 할 필요 없어. 하루 종일 게임만 하면 되지. 꿈같지 않냐?"

대패삼겹살이 속삭이듯 말했다.

찬세와 태웅이가 자기도 모르게 고개를 끄덕였다. 대패삼겹
살 형이 봉투를 내밀었다.

"이게 뭐예요?"

"한 달 뒤에 있을 선발전 입장권이다. 잃어버리면 안 돼!"

찬세와 태웅이가 서로 쳐다보며 씩 웃었다. 대패삼겹살도
찬세와 태웅이를 보며 웃었다.

천재 탄생

"갔다 올게, 엄마."

엄마가 찬세 엉덩이를 두드렸다.

"우리 아들, 일요일인데 쉬지도 못하고 어떡하니?"

"엄마도 못 쉬잖아. 힘들지?"

"엄마는 찬세가 공부하는 거 생각하면 하나도 안 힘들어. 찬세야! 파이팅!"

엄마가 소리쳤다. 찬세가 길거리에 있는 사람들 눈치를 보며 고개를 끄덕였다.

찬세는 버스를 기다렸고 찬세 엄마는 마트를 향해 부지런히 걸어갔다. 찬세는 엄마 뒷모습을 보며 입맛을 다셨다. 이상하게 엄마 뒷모습만 보면 마음이 안 좋았다. 찬세 엄마는 작은 키가 아닌데도 뒤돌아서면 작아 보였다. 날마다 낡은 청바지에 밑창이 다 닳은 운동화를 신어서 그런 것 같았다.

'굽 높은 구두 신으면 훨씬 당당해 보일 텐데.'

엄마 뒷모습을 보면 찬세는 기분이 우울했다. 미안하기도 하고 불쌍해 보이기도 하고 안아 주고 싶기도 한 그런 기분이었다.

찬세 엄마는 일요일에도 일하러 나간다. 남들 쉬는 일요일이 오히려 가장 바쁜 날이다. 찬세 아빠도 마찬가지였다. 찬세도 일요일에는 학원에 가는 걸로 되어 있다. 하지만 찬세는 학원 대신 꾸준히 피시방에 갔다. 학원에서도 찬세를 포기했는지 별 말을 하지 않았다. 엄마 아빠를 속이는 것이 잘못이라는 건 알지만 어떻게든 게임을 더 해야 했다. 이전까지는 재미로 게임을 했지만 이제 찬세에게는 프로게이머라는 목표가 생겼다. 프로게이머가 되기만 하면 그동안 부모님을 속인 사실을 다 말하고 용서를 빌 생각이었다.

찬세는 지난 한 달 동안 시험 공부하듯 열심히 게임을 했다. 재미있는 게임을 열심히 하니까 실력도 쑥쑥 늘었다. 학원에서도 학교에서도 찬세는 칠판을 모니터라 생각하고 열심히 손가락을 움직였다. 마우스 컨트롤 연습 삼아 낡은 마우스에 볼펜 심을 잘라 박아서 노트 필기를 해 보기도 했다. 처음에는 유치원 아이 글씨가 나왔지만 자꾸 하다 보니 제대로 쓸 수 있었다. 볼펜 똥이 번져서 노트가 지저분해지기는 했지만.

"연습 많이 했냐?"

뒤에서 소리 없이 태웅이가 나타났다.

"너는?"

찬세가 물었다.

"엄마 몰래 모니터에 이불 덮고 밤 새웠어."

태웅이 눈이 빨갰다. 찬세는 태웅이가 연습을 많이 했다고 하자 걱정이 되었다. 엄마한테 말하고 게임 연습을 할 걸 그랬다고 후회했다. 찬세 엄마는 컴퓨터 게임을 싫어했다. 그래서 찬세는 집에서 게임을 할 수 없었다.

기다리던 버스가 왔다.

"시청 옆 초고속 피시방이랬지?"

"맞아. 열 시까지 오랬으니까 한 시간 남았어."

"그래도 빨리 가자. 좋은 자리 맡아야지."

찬세와 태웅이는 버스를 타고 시청으로 향했다. 엄마가 일하는 마트 옆을 지나갈 때 찬세는 고개를 숙였다. 미안해서였다.

시청 옆에 있는 초고속 피시방은 3층이었다. 찬세와 태웅이가 계단을 올라갈 때 대학생처럼 보이는 젊은이들이 내려오며 투덜거렸다.

"뭐야! 애들 전용이라도 된 거야?"

"오늘 하루 통째로 빌렸다잖아."

"애들 때문에 쫓겨나 보기는 또 처음이다."

젊은이들이 찬세와 태웅이를 노려보았다. 둘은 아무것도 모르는 척 3층으로 올라갔다. 피시방 입구에서 경비 회사 제복을 입은 아저씨가 손을 내밀었다.

"입장권 확인하겠습니다."

찬세와 태웅이는 121번과 122번 컴퓨터를 받았다. 초고속 피시방은 한 번에 삼백 명이 들어갈 수 있고 모니터와 컴퓨터도 최신형이었다. 피시방 안에서는 일찍 온 아이들이 게임 연습을 하고 있었다. 대부분 찬세 또래이거나 더 어려 보였다. 어떤 게임으로 선발전 시험을 치를지 아무도 몰라 연습 게임이 다들 제각각이었다.

찬세가 자리에 앉자 피시방 직원이 물병과 주스와 빵을 가져다줬다. 찬세 가슴이 점점 빠르게 뛰었다. 하루에도 몇 시간씩 가지고 놀던 키보드와 마우스가 어색하게 느껴졌다. 찬세는 가장 자신 없는 비행 전투 게임을 시작했다. 시험에 나오지 않기를 바라며 예습하는 기분이 묘했다.

아랫배가 살금살금 아팠다. 가슴이 뛰고 식은땀이 나고 손가락은 잘 움직이지 않았다. 찬세가 아랫배를 어루만졌다.

'지금 화장실 다녀와도 될까?'

찬세가 주위를 둘러보았다. 어느새 피시방이 가득 차 있었다. 컴퓨터의 시계는 열 시 십 분이었다. 일어설까, 말까? 찬세가 망설이고 있는데 스피커에서 안내 방송이 나왔다.

"지금부터 프로게이머 훈련생 선발전을 시작하겠습니다.

오늘 시험 볼 게임은 모두 다섯 가지입니다."

네 가지 게임은 찬세가 잘하는 게임이었지만 마지막이 비행 전투 게임이었다. 찬세가 옆자리에 앉은 태웅이를 곁눈질했다. 태웅이가 씩 웃으며 찬세 등을 두드렸다.

"잘해!"

첫 번째 게임이 시작되었다. 똑같은 배경음악 소리가 피시방 안에 울려 퍼졌다. 귀가 떨어질 듯 큰 소리였지만 피시방 안은 오히려 조용해진 것 같았다. 피시방이 아니라 극장에 온 느낌이었다. 아랫배는 더 이상 아프지 않았다. 다행이었다.

두 번째 게임이 끝나고 쉬는 시간에 다들 빵과 주스를 먹었다. 찬세는 물만 마셨다. 혹시라도 배가 또 아플까 봐 걱정이 되었다. 네 번째 게임이 끝나자 김밥 도시락을 나눠 줬다. 찬세는 김밥도 먹지 않고 물만 마셨다. 마지막으로 비행 전투 게임이 끝나자 피시방에 환하게 불이 켜졌다.

스피커에서 안내 방송이 나왔다.

"수고하셨습니다. 화면에서 게임별 점수와 등수를 확인하고 마지막으로 종합 등수를 확인하세요. 종합 5등까지만 남으면 됩니다. 입구에서 선물을 드리니까 하나씩 받아 가세요."

태웅이는 종합 2등이었다. 찬세는 차마 모니터를 보지 못했다. 비행 전투 게임이 원망스러웠다. 태웅이가 찬세 점수를 보더니 찬세 등을 두드렸다.

"아깝다, 아까워!"

찬세가 벌떡 일어났다. 웃고 있는 태웅이 얼굴을 보고 싶지 않았다.

태웅이가 물었다.

"어디 가?"

찬세는 대답하지 않았다. 어디로 가야 할지 생각이 나지 않았다. 이런 기분으로 집에 가고 싶지 않았다. 하지만 집 말고는 갈 곳이 없었다.

태웅이가 찬세 등에다 대고 말했다.

"비행 전투 게임만 잘했으면 나랑 비슷했겠다."

"뭐?"

찬세가 돌아서서 모니터를 확인했다. 찬세는 종합 성적 5등이었다. 찬세가 손바닥으로 태웅이 등을 힘껏 때렸다. 태웅이가 소리를 질렀다.

"야! 왜 때려?"

찬세는 이유를 말해 주지 않았다.

게임 좀 한다 하는 삼백 명 가운데 태웅이와 찬세가 뽑혔다. 대패삼겹살이 찬세와 태웅이를 보고 웃었다.

"그래, 너희들이 될 줄 알았어."

"우리는 선물 안 줘요? 남은 거 있으면 두 개만 주세요."

태웅이가 대패삼겹살에게 말했다.

대패삼겹살이 웃었다.

"너희들이 내 선물이다. 이제 2차 선발전 준비해야지."

"2차요? 우리 프로게이머 된 거 아니에요?"

대패삼겹살이 은을 씌운 어금니가 보이도록 크게 웃었다. 설명을 듣고 나서야 찬세는 오늘 아침 열 시에 전국 주요 도시에서 동시에 선발전이 열렸다는 걸 알았다.

각 도시에서 다섯 명씩 뽑힌 아이들만 모아서 2차 선발전을 치른다. 2차 시험 게임도 비밀이랬다. 2차에서 백 명을 뽑고, 3차에서 삼십 명을 뽑는다. 오늘은 컴퓨터와 게임을 했지만 2차부터는 서로 시합을 하게 된다. 3차에서 뽑힌 삼십 명이 프로게이머 훈련생이 된다. 석 달 동안 훈련을 받고 마지막 테스트를 통과하면 프로게이머가 된다.

"앞으로도 한참 남았잖아."

찬세를 따라 다른 네 명도 투덜거렸다.

"너희들 내가 한 말 잊었어?"

대패삼겹살이 물었다.

"무슨 말요?"

"프로게이머가 되면 어딜 갈 수 있다고 했지?"

"대학요."

"뭘 벌 수 있다고 했지?"

"돈요."

다들 얼굴이 밝아졌다. 2차 시험은 보름 뒤였다.

찬세는 이제 집에서도 게임 연습을 해야겠다고 생각했다. 그렇지만 엄마가 알면 안 된다. 꼬리가 길면 밟힌다고 했는데, 그러잖아도 학원을 거의 빼먹다시피 해서 들킬까 봐 마음이 불안했다.

'2차까지 합격하면 엄마한테 말해야지.'

그러려면 아빠의 도움이 필요했다. 찬세는 잠시 학원을 쉬고 싶었다. 어차피 공부도 안 되고 학원도 자주 빼먹는데 2차 시험 준비를 하는 편이 나을 것 같았다.

찬세는 밤에 아빠 귀에 조용히 속삭였다.

"남자 대 남자로 할 말이 있어."

엄마 없는 곳에서 이야기하자는 뜻이었다. 찬세 아빠는 남자 대 남자를 무척 좋아했다. 특히 지금처럼 김치를 담그거나 집안일을 하고 있을 때는 더 그랬다.

"찬세야, 우리 바람 쐬러 가자."

찬세 아빠가 고춧가루 묻은 고무장갑을 벗으며 큰 소리로 말했다.

"열두 시가 넘었는데 무슨 바람이야. 김치 담그고 일찍 자야지."

양념을 버무리던 엄마가 말렸지만 두 남자는 금방 오겠다며 은근슬쩍 집 밖으로 나왔다.

아빠가 기대에 찬 눈빛으로 물었다.

"이번엔 뭐냐? 여자 친구 생겼냐?"

찬세 아빠는 여자 친구를 소개해 주겠다는 말이라도 들은 것처럼 기대에 차 있었다. 찬세는 아빠의 기대를 깨뜨리기 미안했지만 솔직하게 말했다. 게임 대회를 준비해야 하니까 학원에 가지 않고 집에서 게임 연습을 하겠다고 하자, 아빠 표정이 이상해졌다.

"농담 아니야, 아빠."

찬세가 아빠 눈치를 살폈다. 아빠가 슬리퍼를 신은 발로 가로등 기둥을 툭툭 차며 말했다.

"찬세야. 아빠는 게임이라고는 옛날에 유행한 갤러그나 너구리밖에 모르지만 말이야, 게임은 그냥 심심풀이 아니냐? 그것 때문에 공부를 아예 안 하겠다고?"

"누가 안 한대? 훈련생 시험에서 떨어지면 그냥 공부할 거야. 그때까지만 봐줘. 끝까지 한번 해 보고 싶단 말이야."

찬세는 아빠가 두 번째로 좋아하는 표현을 쓸 때라고 생각했다.

"안 하면 평생 후회할지도 몰라."

찬세 아빠가 결국 고개를 끄덕였다.

"그래. 안 하고 후회하느니 하고 후회하는 게 낫지."

"절대 후회 안 할 거야."

"어떻게 도와줄까?"

"내일 학원에 전화 걸어 줘."

이튿날 찬세 아빠가 학원에 전화를 걸었다. 찬세가 학원을 잠시 쉬겠다며, 쉬는 만큼 이미 낸 수강료에서 학원 수강 기간을 연장해 달라고 했다. 학원에서는 별 말 없이 아빠 말대로 해 주겠다고 했다. 이제 찬세는 엄마가 오기 전까지 마음 놓고 집에서 게임을 하게 되었다. 아빠는 찬세가 하는 게임이 신기하기만 했다. 그러나 아빠가 옆에 와서 이것저것 물어보면 찬세는 짜증을 냈다.

"아빠, 이거 시험 준비란 말야."

"어, 미안! 미안!"

아빠는 찬세가 시키는 대로 엄마가 오는지 망을 보았다. 밤 늦게 엄마가 돌아오면 찬세는 후다닥 컴퓨터를 끄고 공책을 펼쳤다. 찬세 엄마는 집에 돌아올 때마다 예전과 달리 공부하는 아들을 보고 마음이 흐뭇했다.

"내가 이걸 보려고 하루 종일 고생을 하지. 장하다, 우리 아들!"

엄마가 마트에서 마감 세일로 사 온 간식을 가져다주며 엉덩이를 두드리면 찬세는 미안한 마음이 들었다. 간식을 먹으면 잠이 왔다. 하는 둥 마는 둥 하던 숙제를 덮어 놓고 눈을 감으며 찬세는 다짐을 했다.

'꼭 프로게이머가 될게, 엄마.'

2차 시험 장소도 초고속 피시방이었다. 이번에는 피시방 전체를 빌리지 않았다. 피시방 금연실 한쪽에 1등부터 5등까지 다섯 명이 나란히 앉았다. 대패삼겹살이 시키는 대로 게임 사이트에 접속하자 곧 시험이 시작되었다. 보이지 않는 상대방과 게임을 해 이겨야 하는 시험이다. 상대방도 이쪽이 궁금하긴 마찬가지일 거다.

열심히 연습한 보람이 있었는지 찬세는 2차 시험도 합격했다. 찬세와 태웅이, 또 다른 한 명이 남았다. 게임에서 진 두 명이 기념품을 받고 쓸쓸하게 집으로 돌아갔다.

환한 얼굴로 집에 가려는 세 명에게 대패삼겹살이 말했다.

"화장실만 다녀와서 얼른 앉아라. 바로 3차 시험 시작한다."

"네?"

다들 깜짝 놀랐다. 당연히 몇 주 더 시간이 있을 거라 생각해서 마음의 준비도 못했다. 대패삼겹살이 웃으며 말했다.

"3차 합격하면 다음 주에 바로 게임단 연습실로 갈 거야."

대패삼겹살이 태웅이 어깨를 주물러 주며 중얼거렸다.

"제발 합격해라. 너희들이 합격해야 나도……."

"형도 뭐요?"

"아냐, 아무것도."

태웅이가 묻자 대패삼겹살이 말끝을 얼버무렸다.

곧 3차 시험이 시작되었다. 시험은 갈수록 어려워지는 것 같았다. 늘 하던 게임인데도 상대가 누구냐에 따라 난이도가 달라졌다. 찬세는 머리가 가려웠지만 긁을 생각도 못하고 모니터를 노려보았다. 머리에서 쥐가 나는 것 같았다. 생각할 겨를도 없이 손가락이 움직였다. 찬세가 움직이는 대로 게임이 진행되는 게 아니라, 게임이 시키는 대로 찬세가 움직이는 것 같았다.

찬세는 자기도 모르게 혼잣말을 중얼거렸다.

"아니, 그럼 안 되지."

"아하! 누구 맘대로?"

"덤벼라, 덤벼!"

"헉! 언제 왔지?"

"이걸 받아라."

"그렇지. 그렇지. 그렇지. 그렇지이이이이!"

마지막 '그렇지'에서 찬세는 고함을 지르고 말았다.

금연실에 있던 사람들이 찬세를 쳐다보았다. 대패삼겹살이 찬세 머리를 마구 흐트러뜨리며 소리를 질렀다.

"이겼다! 네가 이겼어! 이겼다고!"

태웅이도 이겼다. 대패삼겹살은 춤이라도 출 듯이 기뻐했다. 찬세와 태웅이는 대패삼겹살이 고마웠다. 잘 알지도 못하는 사이인데 이렇게까지 기뻐해 주다니. 프로게이머가 되어 첫 월급을 받으면 선물이라도 사 주고 싶었다.

대패삼겹살도, 찬세도, 태웅이도 몰랐지만, 3차 시험은 정식 프로게임단의 프로게이머들과 벌인 시합이었다. 아무도 자기가 진짜 프로게이머와 시합하고 있다는 사실을 몰랐다. 알았다면 주눅이 들어 졌을지도 모른다. 프로게이머들도 자기들이 누구랑 시합을 하고 있는지 몰랐다. 상대가 겨우 중학교 1학년이라는 사실을 알았다면 깜짝 놀랐을 것이다.

찬세는 자랑스럽게 집으로 돌아왔다. 집에는 아무도 없었다. 찬세가 아빠에게 전화를 걸었다.

"아빠, 이따 올 때 케이크 사 와. 초코로!"

"너 프로게이머 된 거야?"

"아직은 훈련생이야. 엄마한테는 말하지 마."

찬세 엄마는 오늘도 밤 늦게 집에 돌아왔다. 몸이 물에 담가 놓은 솜이불 같았다. 일요일은 다른 날보다 손님이 두세 배 많았다. 손님이 많으니 팔리는 물건도 많았다. 피곤할수록 정신을 차리려 했지만, 일을 마치고 돈 통을 점검했더니 몇천 원이 모자랐다. 한 시간 일한 임금이 사라져 버렸다. 찬세 엄마는 지갑을 꺼내 모자라는 돈을 채워 넣었다.

얼른 집에 가서 눕고 싶은 생각뿐이었다. 걸어서도 멀지 않은 집인데 택시를 타고 싶다는 생각이 머릿속에서 떠나지 않았다. 물론 생각만 그랬다. 시간만 있으면 택시 탈 거리도 걸어가는 찬세 엄마였다.

찬세 엄마가 집에 오니 불이 꺼져 있었다. 신발을 벗고 방으로 들어갔다. 방 한가운데 밥상이 놓여 있고 그 위에서 불꽃이 일렁거렸다.

"불! 불!"

놀란 찬세 엄마가 허겁지겁 설거지대로 달려갔다. 바가지에
물을 담아 뿌리려는 엄마를 아빠가 말렸다.

"여보, 케이크야. 촛불이라고."

다리에 힘이 풀린 찬세 엄마가 주저앉았다. 찬세가 미안한
얼굴로 말했다.

"엄마, 나 프로게이머 훈련생 됐어."

"그게 뭔데."

"직업 게임 선수야."

"너, 엄마가 게임 하지 말랬지!"

"대학도 갈 수 있고 돈도 벌 수 있어. 좋은 거야."

"게임 끊어야 대학을 가지."

찬세와 아빠가 얼굴을 마주 보며 웃었다.

"왜 웃어? 남은 힘들어 죽겠는데."

두 남자의 웃음소리가 점점 커졌다. 찬세 엄마가 소리를 질
렀다.

"웃지 마! 웃지 말라니까?"

찬세 웃음소리가 아빠 소리보다 더 컸다.

역사의 시작

여름방학이 시작되었다. 찬세 엄마가 몇 번이고 확인을 받았다.

"정말 학원 안 가도 되겠니? 다들 방학 때는 더 열심히 한다던데."

"난 프로게이머 될 거니까 학원 안 가도 돼."

"믿을 만한 거야? 그거 믿고 있다가 괜히 발등 찍히는 거 아니니?"

불안한 건 찬세 엄마만이 아니었다. 합격의 기쁨이 가라앉자 찬세도 조금씩 불안해졌다. 정말 약속대로 모든 걸 책임져 주는 걸까?

공부는 안 했지만 그래도 학원에 가면 모두 같은 버스에 탄

것 같아 마음은 편했다. 그런데 학원에 가지 않으니까 모두 탄
버스에서 혼자만 내린 것 같았다. 찬세를 뒤에 남겨 두고 저만
치 버스가 가 버리는 것 같았다.

찬세 가족의 불안은 찬세 엄마가 쉬는 날 불쑥 찾아온 대패
삼겹살이 풀어 주었다. 말끔한 양복을 입고 찾아온 대패삼겹
살은 찬세 엄마에게 금빛 테두리에 손바닥만 한 빨간 도장이
찍힌 'IT 인재육성 프로젝트 게임영재 조기발굴 프로그램 선
발시험 최종합격증'을 전해 줬다. 자기가 나왔던 게임 텔레비
전 중계 동영상도 보여 주었다. 설명을 들을수록 찬세 엄마 얼
굴이 펴졌다.

"프로게이머가 프로야구 선수처럼 돈도 많이 벌고 유명해
질 수 있단 말이죠?"

"그럼요. 하기 나름이지만 찬세는 충분히 가능성이 있어
요."

"대학은 어떻게 가는 거예요?"

"프로게이머로 유명해지면 대학에서도 서로 데려가려고 난
리예요."

"대학도 대학 나름인데."

"게임을 잘할수록 좋은 대학 갈 수 있어요. 그것도 장학생
으로요."

"돈도 번다면서요?"

"완전 연예인이에요. 광고도 찍고 사람들이 사인 받으려고

줄을 서죠. 잘하면 군대도 면제될지 몰라요."

"설마?"

"요즘은 게임이 아니라 e스포츠라고 해서 운동경기처럼 취급하거든요. 세계 대회에서 금메달 따면 올림픽처럼 군대도 면제받지 말라는 법 없죠."

"세상에! 전자오락인 줄 알았는데 올림픽까지?"

"엄마는? 전자오락이 아니라 e스포츠라니까!"

찬세가 어깨를 으쓱거렸다.

찬세 엄마는 찬세가 다 큰 청년처럼 보였다. 그렇게 대단한 시험을 준비하는 것도 모르고 그동안 구박만 한 게 미안했다. 찬세 엄마는 대패삼겹살이 내민 각서에 도장을 꽉 찍어 주었다. 찬세 엄마가 기쁜 마음으로 도장을 찍은 건 난생처음이었다. 찬세도 보호자인 엄마 도장 밑에 이름을 썼다. 훈련 기간 동안 열심히 훈련을 받겠으며, 규칙을 절대 따르고, 영원히 다른 게임단에 들어가지 않겠다는 약속이었다.

대패삼겹살은 각서에 이름을 쓰는 찬세를 부러운 눈으로 바라보며 중얼거렸다.

"십 년만 젊었어도 내가 한번 해 보는 건데."

찬세 엄마가 냉장고에서 새 물병을 꺼내 오며 물었다.

"그런데 삼촌은 어느 대학 다녀요?"

대패삼겹살이 머리를 긁적이며 대답했다.

"저 대학 안 다녀요."

"아니, 왜요?"

"게임하느라 못 갔어요."

대패삼겹살이 각서를 챙겨 가지고 일어섰다. 찬세 엄마가 고개를 갸웃거리며 배웅을 했고 찬세가 따라 나갔다. 골목 어귀에서 대패삼겹살이 찬세에게 악수를 청했다.

"내 일은 여기까지다. 찬세야, 정신 똑바로 차리고 일등 해라. 넌 할 수 있을 거야. 일등 못할 거 같으면 아예 시작하지 마. 세상은 일등만 기억하는 거야. 8강 같은 건 기억하지도 않아."

"그래도 동영상 보니까 형 진짜 멋있던데요. 유니폼도 입고."

"유니폼은 빌린 거였어. 동영상은 너 줄게."

"사인해 줘요."

찬세가 재빨리 집으로 달려가 디스크를 가져왔다. 대패삼겹살이 떨리는 손으로 생애 첫 사인을 했다.

"게임 텔레비전 꼭 볼 테니까 다음엔 꼭꼭 우승하세요!"

사인된 디스크를 들고 집으로 돌아가는 찬세 뒷모습을 보며 대패삼겹살이 중얼거렸다.

"8강이 내 최고 기록이야. 거기까지 가는 데 너무 많은 시간이 걸렸어. 더는 못해. 난 너처럼 천재가 아니니까."

다 지난 일이었다. ID 대패삼겹살은 찬세네 집에서 받은 각서를 들고 시내의 임시 사무실로 가는 버스를 탔다. 찬세와 태웅이 덕분에 특별수당을 받을 수 있게 되었다. 지난 6년 동안 게임에 미쳐 살면서 번 가장 큰 돈이었다. 절대 게임에 쓸 수 없는 돈이기도 했다. 이 정도 돈이면 일 년 동안 고시원에서 공부하며 학원에 다니고 자격증을 딸 수 있다. 자격증이 있으면 취직하는 데 큰 도움이 된다. 대패삼겹살은 각서를 건네주고 나오는 길에 증명사진을 찍을 생각이었다. 자격증에도 붙이고 이력서에도 붙일 증명사진을 고시원 책상머리에 붙여 놓고 마음이 흐트러지지 않게 다질 셈이었다.

대패삼겹살은 버스 창밖으로 스쳐 가는 사람들을 바라보았다. 골목길에, 횡단보도에, 인도에 넘쳐나는 사람들은 수천 수만 번이나 전기톱으로 잘라 낸 모니터 속 초록 피 좀비들이 아니라, 따뜻한 빨간 피가 흐르는 진짜 사람들이었다. 이제 게임을 끝내고 저 사람들 속으로 뛰어들 때였다. 저 사람들 가운데 한 사람이 될 때였다. 대패삼겹살은 창에 이마를 대고 웃었다.

보통 버스와 달리 뒷바퀴가 두 쌍인 초대형 버스가 찬세네 중학교 교문 앞으로 소리 없이 다가왔다. 버스는 정확하게 찬세와 태웅이가 서 있는 우체통 앞에서 멈췄다. 학교에서 왁자지껄 몰려나오던 아이들이 버스를 쳐다보았다. 번호판 말고는 아무 글씨가 없는 검은 버스였다. 유리창도 검어서 버스 안이 보이지 않았다. 버스 문이 스르르 열리면서 경비업체 제복을 입은 아저씨가 내렸다. 허리에는 전기 충격기와 가스 분사기를 차고 있었다.

"박찬세, 정태웅?"

"네."

"난 보안 책임자다. 태웅이는 13번, 찬세는 27번 좌석에 앉아라."

"나란히 앉으면 안 돼요?"

보안 책임자가 고개를 저었다.

좌석 번호 옆에 이름이 붙어 있었다. 버스 의자는 일인 좌석으로 세 자리씩 열 줄이었는데 대부분 사람이 앉아 있었다. 찬세와 태웅이가 탔지만 아무도 거들떠 보지 않고 뭔가를 열심히 하고 있었다. 앞 의자 뒷면에 모니터가 붙어 있었다. 노트북 컴퓨터만 한 화면이었다. 팔걸이를 펼치자 작은 키보드와 마우스가 나왔다. 찬세는 창밖을 보았다. 검은 유리 때문에 아무것도 보이지 않았다. 보안 책임자가 다가오더니 찬세에게 헤드폰을 씌워 주었다.

버스가 출발하자 모니터에서 자동으로 게임이 시작되었다. 하늘을 날아가는 독수리를 조종하는 게임으로, 순발력과 균형감을 키우는 종합 감각 훈련이었다. 간단해 보였지만 독수리가 바람에 예민하게 반응하기 때문에 쉽지 않았다. 바람은 앞뒤 좌우 위아래에서 정신없이 바뀌었고, 그럴 때마다 독수리가 흔들렸다. 찬세는 다른 게임을 하고 싶었다.

"다른 게임은 없어요?"

찬세가 헤드폰을 벗고 물었다.

보안 책임자가 고개를 저었다.

"이건 선택할 수 있는 게임이 아니야. 버스에 타는 순간부터 모두 똑같은 훈련을 받는 거다."

찬세가 다시 헤드폰을 썼다. 시작부터 분위기가 예사롭지 않았다.

버스 안은 조용했다. 엔진 소리도 들리지 않았고 움직일 때도 움직이는 것 같지 않았다. 게임 화면이 일제히 멈추더니 불이 환하게 켜졌다. 시계를 보니 버스를 탄 지 50분 가까이 흘렀다.

버스가 멈추고 문이 열렸다. 모두 버스에서 내렸다. 키 큰 침엽수들로 빽빽한 숲 속에 3층 유리 건물이 있었다. 넓은 숲 전체가 사유림인데 가시 철조망과 전기 철조망으로 둘러싸여 있고 커다란 셰퍼드를 앞세운 경비원들이 순찰을 돌고 있었다. 여기가 어딘지, 어떤 길로 왔는지, 버스 운전사와 보안 책임자를 빼고는 전혀 알지 못했다.

버스에서 내린 사람들이 건물 앞 잔디밭에 모였다. 대부분 찬세 또래였다. 다들 보안 책임자를 따라 건물 안으로 들어갔다. 찬세는 건물 출입문 옆에 걸려 있는 황금색 간판을 무심코 읽었다.

"게임을 현실로? 보손 게임단?"

서른 명이 줄지어 2층으로 올라갔다. 2층 문이 열리고 여러 사람이 걸어 나왔다. 맨 앞에 선 남자가 보안 책임자에게 인사를 했다.

"수고하셨습니다. 지금부터는 내가 맡겠습니다."

보안 책임자가 떠나자 남자가 두 팔을 활짝 벌리며 웃었다.

"보손 게임단 훈련생 여러분, 너희들을 환영한다. 나는 단장 강대한이다. 나를 믿고 따르는 한 너희들의 미래를 책임져 줄 사람이지. 먼저 매니저들을 소개하마."

뒤에 서 있던 매니저들이 앞으로 나왔다. 매니저들은 훈련생들의 이름과 집, 학교, 좋아하는 게임과 취미, 가족 관계까지 달달 외우고 있었다.

훈련생들은 매니저들에게 휴대전화를 맡기고 자기 이름이 새겨진 유니폼을 받았다. 우주 비행사처럼 멋진 제복이었다. 보손 게임단의 로고가 홀로그램으로 새겨진 ID 카드도 받았다. 새 유니폼을 입자 왠지 쑥스럽기도 하고 공연히 마음이 들뜨기도 했다.

매니저들이 훈련생들을 연습실로 안내했다. 다들 입이 딱 벌어졌다. 농구장만큼 넓은 연습실에는 검은 유리로 칸막이를 세운 개인 연습실이 벌집처럼 늘어서 있었다. 문마다 훈련생 이름이 붙어 있는 개인 연습실에는 식탁만 한 모니터 다섯 개가 앞과 위아래, 양옆까지 깊숙한 의자를 둘러싸고 있었다. 모니터들은 끝이 연결되어 화면이 잘리지 않고 이어졌다. 비행기 조종석을 꼭 닮은 의자 밑에는 저음 스피커가 있어 영화관처럼 낮은 음이 몸 떨리게 흘러나왔다.

강대한 씨가 말했다.

"한번 앉아 봐."

비행 게임을 좋아하는 태웅이가 의자에 앉았다. 스위치를 켜자 모니터에 비행장이 비쳤다. 고화질 사진처럼 선명한 영상이었다.

강대한 씨가 설명했다.

"이것이 우리 게임단을 위해 개발된 전용 게임, '보이지 않는 손'이다. 줄여서 보손 게임이라고 하지. 보손 게임단이 만들어진 것도 이 게임을 위해서야. 아직 마무리 중이지만, 현 상태에서도 실제와 똑같이 비행기를 조종할 수 있다. 실제 지형을 그대로 따온 배경화면, 실제 비행기의 사운드를 샘플링한 음향, 기계식 진동, 섬광 특수효과까지 완전 실감 나고 작전지역도 마음대로 선택할 수 있어. 이제부터 너희들은 이 게임 하나만 완벽하게 익히면 되는 거야. 석 달 동안 보손 게임을 마음껏 가지고 놀아 봐. 프로게이머가 되면 게임 점수에 따라 월급이 나간다. 1점당 1원씩이야. 시합 때는 우리가 배경과 임무를 지정해 줄 거야. 비행기 종류도 마찬가지지. 우선 모든 배경과 기종을 다 가지고 놀아 봐라. 적성에 맞는 기종을 찾을 때까지."

훈련생들은 입을 다물지 못했다. 태웅이가 시작 단추를 눌

렀다. 화면 밑에 글자가 뜨면서 친절한 여자 목소리가 흘러나
왔다.

"작전지역을 선택해 주세요. 1번 이라크, 2번 소말리아, 3번
아프가니스탄, 4번 북한입니다."

태웅이가 4번을 눌렀다.

"죄송합니다. 북한은 작전지역 정보 준비 중입니다. 다른
번호를 눌러 주세요."

태웅이가 이번엔 3번을 눌렀다.

"작전지역 아프가니스탄을 선택하셨습니다. 임무를 골라
주세요. 1번 정밀 폭격, 2번 적군 기지 공격, 3번 게릴라 공격,
4번 지상군 엄호, 5번 특수 지정 임무입니다. 각 임무의 야간
임무는 우물 정 자를 누르시면 됩니다."

태웅이가 2번을 눌렀다.

"적군 기지 공격을 선택하셨습니다. 임무를 수행할 비행기
를 골라 주세요. 1번 전술폭격기, 2번 초음속 전투기, 3번 지
상 공격기, 4번 공격 헬리콥터."

태웅이는 자기가 가장 좋아하는 비행기를 골랐다.

"초음속 전투기를 선택하셨습니다. 전투기는 가장 가까운
기지에서 이륙합니다. 먼저 작전지역의 지도를 보여 드립니
다. 작전 시간은 20분입니다. 적군의 지상 반격이 심할 것으로
예상됩니다. 편대 비행을 원하시면 1번, 단독 비행을 원하시
면 2번을 눌러 주세요."

태웅이가 2번을 누르자 게임이 시작되었다. 태웅이가 조종간을 당기자 황무지를 가로지른 활주로에서 강력한 쌍발 전투기 한 대가 날아올랐다. 전투기는 파도가 하얗게 부서지는 해협을 지났다. 바다가 끝나고 붉은 흙과 바위투성이 험한 산들이 펼쳐졌다. 태웅이는 일부러 산들 사이로 낮게 전투기를 조종했다. 처음 보는 지형에서 전투기 조종이 쉽지 않았지만 입술을 지그시 깨물고 화면 아래 계기를 보며 전투기를 조종했다. 뒤에서 바라보고 있던 강대한 씨가 고개를 끄덕이며 흐뭇하게 웃었다. 처음 하는 게임인데 이 정도라니, 역시 기대했던 대로였다.

화면 아래쪽 정보창에 적군 기지를 나타내는 거리표가 계속 줄어들었다. 드디어 적군 기지가 나왔다. 화살표가 표시되지 않았다면 그냥 지나쳤을 동굴 몇 개였다. 골짜기에 있는 적군 기지를 찾아내기도 쉽지 않았지만 공격하기는 더 어려웠다.

태웅이는 몇 번이나 공대지미사일을 발사했다. 미사일은 좁은 골짜기 안에 날아들어 애꿎은 바위만 산산조각 냈다. 골짜기 여기저기 큰 구덩이가 파였다. 적군이 반격을 하기 시작했다. 대공기관총과 휴대용 대공미사일이었다. 태웅이 전투기의 공격용 미사일이 바닥났다. 제트 연료마저 떨어지기 전에 기지로 돌아와야 했다.

화면에 작전 실패라는 빨간 글자가 뜨자 둘러선 훈련생들이 와르르 웃었다. 태웅이가 머리를 긁적이며 일어섰다.

"괜찮아. 이번은 연습 게임이니까. 나중에 잘하면 돼."

강대한 씨가 태웅이 어깨를 두드리며 말했다.

"자, 이제 각자 연습실로 들어가 보자. 게임을 실행하면 자동으로 게임 안내가 뜨니까 따라 하면 돼. 어렵지 않을 거야. 너희들은 게임 천재 아니냐!"

강대한 씨 예상대로 훈련생들은 새 게임에 금방 익숙해졌다. 보손 비행 게임은 여느 게임과 달랐다. 다른 게임은 무기가 거의 무한정 제공되지만 보손 게임은 실제 비행기의 무장 탑재량과 연료량을 정확하게 반영했다. 속도를 무리해서 내면 연료가 급속히 떨어졌다. 가장 주의해야 할 점은 절대 추락당하지 않아야 한다는 것이었다. 추락당하면 매니저에게 혼이 났다. 여섯 명의 매니저가 각각 다섯 명씩 아이들을 맡아서 훈련 기록을 철저하게 관리했다.

훈련생들은 바빴다. 벌써 보름이 넘게 같이 훈련을 했지만 아직도 서로 낯설었다. 그도 그럴 것이, 아침에 버스에 타면 바로 기초 감각 훈련을 했고 연습실에 도착해서는 각자 연습실에서 하루 종일 게임을 했기 때문이다. 목이 마르거나 배가 고프면 인터폰을 들었고, 그러면 영양사 누나가 도시락과 음료수, 간식 시간에는 간식을 가져왔다. 도시락도 간식도 맛있었고, 메뉴는 날마다 바뀌었다. 뭐든지 원하는 만큼 실컷 먹을 수 있었다.

집으로 돌아가는 버스 안에서도 기초 감각 훈련은 계속되었다. 감각 훈련은 매주 새롭고 더 어려운 게임으로 바뀌었다. 지방에서 보호자와 함께 올라온 훈련생들에게는 보손 게임단에서 호텔 방을 얻어 주었다. 보호자 없이 혼자 온 훈련생들은 보안 책임자가 관리하는 기숙사에 들어갔다. 물론 일인실이었다.

"친해지려고 애쓸 필요 없어. 너희들은 서로가 경쟁 상대니까."

강대한 씨와 매니저들이 앵무새처럼 말하지 않아도 훈련생들은 알고 있었다. 누군가 떨어져야 내가 붙는다. 훈련생들은 서로 소 닭 보듯 하며 게임에만 집중했다.

훈련생들은 완전히 게임에 빠져들었다. 연습실에 있다는 것만 잊으면 게임은 진짜 비행이었다. 게임 화면은 영화처럼 배경과 소품 작은 것 하나하나까지 실감 나게 재현해 놓았다. 활주로 통제 담당이나 비행기에 달라붙어서 정비를 하는 기관정비 담당, 미사일과 기관포탄을 관리하는 무장 담당까지 진짜 사람하고 똑같았다. 자꾸 보니까 정이 들 정도였다.

"돈 진짜 많이 들었겠다."

버스에서 내려 집으로 가는 길에 찬세가 말했다. 태웅이도 고개를 끄덕였다.

"출시만 하면 인기 대폭발이야."

찬세와 태웅이는 친구들에게 자랑하고 싶어서 입이 근질근질했지만 아무한테도 말하지 못했다. 게임에 대해서 절대 비밀을 지키겠다고 맹세하고 각서까지 썼기 때문이다. 매니저들은 만약 게임에 관한 정보가 흘러나가면 범인을 찾아서 엄청난 손해배상을 청구할 거라고도 했다. 찬세와 태웅이는 손해배상 소리만 들어도 목이 자라처럼 쑥 들어갔다.

방학이 눈 깜짝할 사이에 지나갔다. 학교에 가자 친구들이 찬세 주위로 모여들었다. 여름 내내 햇빛을 보지 못한 찬세 얼굴은 백설공주처럼 하얬다.

친구들은 찬세가 프로게이머 훈련생이 되었다는 사실을 알고 있었다. 야구 사건 때문에 외톨이가 되었던 찬세가 다시 관심을 받았다. 하지만 찬세는 친구들이 뭘 물어봐도 별로 말을 하지 않았다. 수업 시간에도 잠이 쏟아질 정도로 피곤해서였고, 보손 게임단의 비밀을 지키기 위해서이기도 했다. 옆 반 태웅이도 마찬가지였다.

찬세가 말을 하지 않았기 때문에 분위기는 더욱 신비로워졌다. 찬세는 친구들에게 거의 연예인 같은 대접을 받았다. 특별 전형으로 벌써 대학에 붙었다는 소문이 돌았다. 겨울부터는 게임 방송에 나올 거라는 소문도 있었다. 어떤 소문이 돌아도 찬세는 신경 쓰지 않았다. 그래서 소문은 더더욱 날개를 달았다. 교사들마저 찬세를 특별 대접할 정도였다.

학교가 끝날 시간이면 학교 앞은 밀려드는 학원 버스들로 엉망이 되었다. 찬세와 태웅이는 학원 버스들 사이를 비집고 걸어가 아무 글자도 없는 초대형 버스에 올라탔다. 작고 알록

달록한 학원 버스를 탄 아이들은 작은 건물만 한 검은 버스를 우러러보았다. 버스만 봐도 찬세와 태웅이는 달라 보였다. 게다가 버스 안이 보이지 않아 더 특별해 보였다.

2학기가 시작되면서 게임단 연습은 오후 네 시부터 밤 열두 시까지로 길어졌다. 추석이 지나면 정식 게임 출시를 앞두고 최종 시험을 본다. 그 시험을 통과한 훈련생들만 실제 프로게이머로 날마다 시합에 출전할 수 있다. 그리고 시합에서 올린 점수는 월급이 되어 통장으로 들어온다. 약속한 대로라면 1점에 1원씩이었다. 게임 세상에서만 쓸 수 있는 게임머니가 아니라 은행에서 찾아서 만지고 쓸 수 있는 진짜 돈이다. 일인당 게임에서 올리는 평균 점수는 15만 점 정도였다. 최대 점수는 태웅이의 초음속 전투기가 올린 89만 점. 하루에 게임 한 번만 해도 89만 원이 통장에 들어올 수 있다. 훈련생들은 하루빨리 프로게이머가 되길 바랐다.

두 달이 지나자 매니저들이 훈련 결과에 따라 훈련생들의 전공을 나눠 주었다. 훈련 성적이 가장 좋은 태웅이는 초음속 전투기조가 되었다. 찬세는 공격 헬리콥터조였다. 지금까지는 각자 훈련했지만, 조가 나뉘자 조별로 함께 출동해 공격하는 팀 훈련이 시작되었다.

조종하는 비행기마다 공격 방법이 다르고 작전이 달랐다. 기체에 장착하는 무기도 달랐고 움직일 수 있는 작전지역 반경도 달랐다. 가장 멋지고 점수를 많이 올릴 수 있는 비행기는 초음속 전투기였고, 가장 실감 나게 공격하고 조종하기 재미있는 비행기는 공격 헬리콥터였다. 몰래 날아가 한 번에 정확하게 목표물을 폭격하는 전술폭격기는 너무 얌전했고, 땅 위의 탱크나 적군을 공격하는 지상 공격기는 움직임이 굼떴다.

훈련생들은 이제 기종에 따라 패가 나뉘었다. 어차피 같은 비행기들이 조를 이뤄서 공격하기 때문에 조원들 사이에 호흡이 중요했다. 이번에는 매니저들도 뭐라고 하지 않았다.

보손 게임단의 훈련생 서른 명은 초대형 벌집 같은 연습실에서 날마다 열심히 실전 같은 연습 게임을 했다. 최종 선발전이 가까워지자 화장실 가는 시간마저 아까워했다.

바빠지기는 강대한 씨도 마찬가지였다. 매니저들이 훈련생들을 밀착 관리 하지만 보손 게임단의 최종 책임은 강대한 씨에게 있었다. 훈련생들의 최종 선발전은 강대한 씨의 최종 선발전과 마찬가지였다.

같은 꿈 아래 뭉친 두 사람이 있지만 그 꿈의 주인공은 서로 달랐다. 함라그룹 회장은 함라가 나라를 움직일 수 있다고 했다. 강대한 씨는 함라그룹을 움직여 보손 게임단을 만들었다. 이제 보손 게임단으로 이 나라를 움직여 볼 차례였다. 서른 명의 게임 천재들이라면 그럴 수 있다. 나라를 움직이고 세계를 주무를 날이 머지 않았다. 그것이 강대한 씨가 지금까지 꿈꿔온 '보이지 않는 손' 게임의 완성이었다.

승리자와 패배자

　사람들이 광장에 모여들었다. 경찰들이 호루라기를 불어 대도 사람들은 흩어지지 않았다. 오히려 점점 더 많은 사람들이 손팻말을 들고 나타났다. 손팻말에는 커다랗고 예쁜 글씨로 "파병 반대" "총알 대신 빵을!" "너는 군대 갔다 왔니?" "네 자식을 보내라." "오빠, 전쟁 안 하면 뽀뽀 한 번." 같은 말이 쓰여 있다. 귀여운 만화가 그려진 손팻말도 많았다.

　사람들은 광장 곳곳에 끼리끼리 모여 노래를 부르고 연설을 하고 전쟁 윷놀이를 했다. 광장 바닥에 교실만 한 장기판을 그려 인간 장기를 두는 사람들도 있었다. 커다란 냉장고 포장 종이 상자로 탱크 모양을 만든 차(車)가 장난감 총을 들고 벌벌 떠는 꼬마 졸(卒)을 짓밟자 졸이 비명을 질렀다.

"엄마! 엄마!"

뒤에서 포(包)가 날아오더니 차를 갈기갈기 찢었다. 탱크 모양의 차 안에 웅크리고 있던 사람이 가슴에 피를 뿌리고 쓰러졌다. 구경하던 사람들에게까지 토마토케첩이 튀었다. 사람들이 혀를 찼다. 그래도 인간 장기는 끝나지 않았다. 장기 말이 비명을 지르며 쓰러질 때마다 구경하던 사람들은 눈물을 훔쳤다. 장기판은 점점 시체로 가득 찼다.

날이 어두워지자 사람들이 향에 불을 붙였다. 빨갛게 빛나는 향불이 거리를 가득 메웠다. 라벤더, 라임, 로즈마리, 사이프러스, 재스민, 캐머마일, 레몬그라스 등 향긋한 냄새가 광장을 채우고 도시 곳곳으로 퍼져 나갔다.

경찰차가 방송을 했다.

"여러분, 향불은 위험합니다. 자나 깨나 불조심, 하나의 향불이 큰 화재를 일으킬 수 있습니다. 향불을 꺼 주세요. 끄지 않으면 물을 뿌릴 수밖에 없습니다."

몇몇 사람이 향불 대신 담배를 꺼내 빨갛게 연기를 빨아들였다. 급히 오느라 향을 챙기지 못한 사람들은 약국에 가서 모기향을 사 왔다. 모기향과 담뱃불도 모이니 제법 밝았다. 담뱃불은 사람들이 한 모금 빨아들일 때마다 개똥벌레처럼 깜빡깜빡 빛났다.

경찰이 또 다른 안내 방송을 했다.

"건강을 위해 담배를 삼갑시다. 담배꽁초를 버리면 경범죄로 벌금 오만 원이 부과됩니다. 담배꽁초를 버리는지 카메라로 다 녹화하고 있습니다. 옆 사람을 위해 담배를 삼갑시다."

밤이 깊어져도 사람들은 돌아갈 생각을 하지 않았다. 노래를 부르고 연설을 하고 토론을 하며 향불을 들고 광장 이곳저곳을 뜨겁게 달궜다. 사람들의 눈은 어둠 속에서도 밝게 빛났다. 이대로라면 새벽이 와도 흩어질 것 같지 않았다. 아침이 되면 더 많은 사람들이 모일 것 같았다. 지난 며칠 동안 그랬다. 나날이 모여드는 사람들이 더 많아졌다.

사람들이 밝히는 향불이 도시를 삼킬 것처럼 늘어났다. 작은 빛으로 흔들리는 향불은 수만 개가 모여도 빌딩 위에서 빛나는 초대형 네온사인보다 훨씬 어두웠다. 그래도 네온사인에는 없는, 향기가 있었다. 사람들은 저마다 다른 향을 가져와서 향 냄새를 나눠 맡으며 친구가 되었다.

작전 명령이 떨어졌다. 저만치 대기하고 있던 경찰들이 진압 대형을 갖추고 향불을 끄기 위해 전진하기 시작했다. 여기저기 흩어져 있던 사람들이 앞으로 모여들었다. 광장과 향불을 빼앗기지 않으려는 마음이 하나로 뭉쳤다. 여기저기서 경찰들과 향불을 든 사람들이 부딪쳤다. 밀고 밀리는 가운데 곳곳에서 비명 소리가 흘러나왔다. 헬멧을 쓰고 끝 부분에 날이 선 방패와 긴 진압봉으로 무장한 경찰들이 거칠게 몰아붙였지만 사람들은 맨몸으로 맞서면서 쉽게 물러서지 않았다. 맞고 밟히면서도 서로 팔짱을 끼고 구호를 외치며 버텼다. 여자도 청소년도 노인도 물러서지 않았다.

이 광경이 현장 중계를 통해 생생하게 방송되었다. 지하 회의실에서 모니터를 지켜보던 한 남자가 한숨을 쉬었다. 국가 안보상 누구인지 정확히 말해서는 안 되는 사람, 나라에서 당분간 가장 큰 힘을 가진 사람이었다.

"국민들이 저렇게 뭘 몰라. 아무리 설명해도 이해를 못해."

테이블에 둘러앉은 사람 가운데 한 사람이 말했다.

"전부터 그랬던 것처럼 그냥 무시하고 파병하시죠? 반대하는 사람은 언제나 있게 마련이니까요."

"맞습니다. 싸움은 기선 제압이 중요한데 한 번 밀리면 끝입니다."

반대편에 있던 사람이 입을 열었다.

"우리가 이렇게 군대를 보낼 정도로 정성을 보이면 저쪽도 우릴 푸대접하지 못할 겁니다."

"누가 그걸 모르나? 결론이야 시작부터 정해진 거지만, 번번이 저 꼴을 어떻게 계속 보느냔 말이야. 당신들은 도대체 하는 일이 뭐야? 내가 이런 일에 발목 잡혀서야 어떻게 나라를 살리겠어?"

야단맞은 사람들이 입을 다물었다. 구석에 앉아 있던 사람이 일어서서 말했다.

"제가 며칠 전에 재미있는 보고를 하나 받았습니다. 군대를 보내지 않고도 군대를 보낸 효과를 거둘 수 있다는 내용인데요."

"그게 무슨 소리야? 자세히 말해 봐."

"보고대로라면 우리는 종이비행기 하나 보내지 않고도 세계 최강의 공군 부대를 파병하는 효과를 볼 수 있습니다. 프로젝트 제목은 '보이지 않는 손'입니다."

"오, 그런 게 있어?"

"혹시 몰라서 제안자를 대기시켜 두었습니다. 일단 보고를 들어 보시겠습니까?"

"당연하지. 빨리 들어오라고 해."

곧 문이 열리고 회의 자료를 든 남자가 걸어 들어왔다. 무덤덤한 표정의 강대한 씨였다.

강대한 씨가 정중히 인사하고 사람들에게 자료를 나눠 주었다. 컴퓨터에 연결된 영사기가 하얀 스크린에 자료 화면을 비췄다. 불이 꺼지고, 강대한 씨가 설명을 시작했다.

"우주에서도 개미 한 마리 놓치지 않는 최첨단 과학과 아군의 생명을 최우선시하는 인간애가 만나면 전쟁의 개념이 바뀝니다."

곧이어 친근한 성우의 목소리가 흘러나왔다.

"승리를 위해 군복을 벗어라."

"천재들의 힘, 감각적인 전쟁."

"아군 사망률 0퍼센트의 기적이 다가온다."

"즐기는 전투, 이기는 전쟁."

활짝 웃는 보손 게임단 훈련생들의 얼굴이 화면 가득 나타났다.

강대한 씨가 설명을 계속했다.

"세계 유수의 연구소에 연구를 의뢰한 결과, 특정 조건 아래 전자 기기를 통한 원격조종 감각이 정점에 이르는 연령대는 13세에서 16세 사이로 나타났습니다. 다시 말해 원거리에서 정밀 장비로 조종한다면, 현역 최우수 공군 조종사보다 훈련받은 중학생의 전투기 조종 능력이 뛰어날 수 있다는 뜻입니다. 유능한 전투기 조종사 한 명을 키우려면 수십 억의 돈과 몇 년의 시간이 걸립니다만, 제가 준비한 프로그램은 그 비용과 시간을 몇백분의 일로 줄였습니다."

사람들이 술렁거렸지만 가운데에 앉은 남자는 말없이 강대한 씨를 노려보았다.

천재는 천재를 알아보는 법. 강대한 씨의 설명을 듣고 그는 엄청난 가능성을 단번에 알아차렸다. 군대 없이 전쟁을 할 수 있다? 군대 없이 군사력을 사용할 수 있다? 불가능한 일은 아니었다. 지금 지구상에서 벌어지는 대부분의 전쟁은 이미 민간 군사 기업들이 주도하고 있다. 경찰을 대신하는 경비 서비스 업체가 있는 것처럼 군대를 대신한 군사 서비스 업체도 당연히 존재했다. 정규 군대가 아니니 무슨 짓을 하든 책임질 일이 없다. 설사 범죄를 저지르더라도 정부와 맺은 관계를 부인하기만 하면 된다. 청부 폭력에 합법적인 오리발까지, 옛날 말로 하면 용병인 셈인데, 잘만 사용하면 손 안 대고 코풀기였다.

이건 지금까지 우리나라에서 생각지도 못한 사업 분야였다. 몇몇 군사 대국에서는 이미 널리 퍼진 사업이니 우리는 늦은 셈이었다. 이런 시스템을 도입할 수 있다면, 수출할 수 있다면? 그의 머릿속에는 경제를 살릴 엄청난 구상이 꼬리에 꼬리를 물고 이어졌다.

이제 파병 따위는 큰 문제가 아니었다. 강대한 씨의 설명이 반만 사실이라고 해도 충분히 매력이 있었다. 어차피 전쟁은 사업이었다. 전쟁터가 된 나라는 박살이 나지만 이긴 나라는 거둬들인 전리품으로 승리의 달콤함을 맛볼 수 있다.

정치도 마찬가지였다. 아무리 그럴듯한 명분으로 포장해도 결국 세금을 어떻게, 누구에게 쓰느냐에 따라 진짜 목적이 드러나는 것이다. 둘 다 적게 투자하고 이익을 많이 거둬야 하는 사업이다. 누군가는 망하겠지만 누군가는 돈을 번다. 다 같이 잘사는 건 교과서에나 나오는 얘기. 말은 다들 그렇게 하지만 실제로는 우리 편이 돈을 벌게 하는 것이 목표다. 돈을 벌게 해 줘야 표가 몰린다. 돈이 필요 없다면 손가락을 빨며 정의를 외치면 된다. 가난한 정의는 설득력이 없지만 명분만으로 만족하는 사람도 있으니까. 이것이 현실이다. 돈을 벌고 싶으면 우리 편이 되면 된다. 아니면 말고.

많은 생각이 떠올랐지만 그는 조용히 앉아 자료 화면을 바라보았다. 어둠 속에서 그의 눈이 하얗게 빛났다.

찬세는 게임을 하다가 하품을 했다. 한 손에 조종간을 쥔 채 기지개를 켜자 공격 헬리콥터가 땅을 향해 곤두박질쳤다. 뒤에서 지켜보던 매니저가 고함을 질렀다.

"비상! 기체가 추락한다!"

찬세가 머리를 긁으며 조종간을 바로 잡았다. 헬리콥터는 땅에 부딪치기 직전에 가까스로 균형을 잡았다. 공격 헬리콥터의 강력한 로터가 일으키는 바람 때문에 흙먼지가 구름처럼 일었다. 찬세는 아무렇지 않은 표정이었지만 매니저는 가슴을 쓸어내렸다.

"찬세야, 너 그러지 좀 마. 놀라서 심장 터질 뻔했잖아."

"걱정 마세요. 제가 조종 실수하는 거 봤어요?"

"사람 좀 놀라게 하지 말란 말야. 제발 부탁이다."

찬세가 씩 웃었다. 가끔 지루할 때마다, 매니저가 몰래 다가와 지켜볼 때마다 치는 장난이었다. 찬세는 장난이었지만 매니저는 그때마다 바닥에 주저앉을 듯 놀랐다. 게임을 보고 왜 그렇게 놀라는지, 찬세는 매니저가 혹시 오줌이라도 지리지 않았을까 궁금했다.

찬세는 다시 게임 화면을 바라보았다. 공격 헬리콥터는 시속 삼백 킬로미터를 겨우 넘기 때문에 시속 천오백 킬로미터를 훌쩍 넘나드는 전투기보다 속도감이 지루했다. 대신 땅 위의 작은 것까지 선명하게 볼 수 있는 점은 좋았다. 황무지를 날 때는 놀라 도망치는 영양이 보였고, 외딴 마을을 날 때는 손 흔드는 꼬마를 볼 수 있었다. 놀란 듯 달려와 꼬마를 감싸 안고 집 안으로 사라지는 엄마도 진짜 같았다.

찬세는 기동 훈련장의 모든 지형을 다 파악했다. 화면 아래 나오는 안내 자막을 보지 않고도 어디가 어딘지 환히 알았다. 그렇지만 훈련장을 잘 안다고 해서 점수를 딸 수 있는 것은 아니었다. 점수는 오직 공격을 해서 목표물을 파괴해야만 딸 수 있었다.

찬세는 게임 점수가 별로 좋지 않았다. 종종 공격 목표를 일부러 남겨 두는 때가 많았기 때문이다. 로켓포나 기관총을 든 적들은 확실하게 알아볼 수 있었다. 하지만 찬세 또래의 아이들이나 여자들이 있는 집을 적군 기지라며 공격하라는 지시는 마음이 내키지 않았다. 처음에는 열심히 부쉈지만 나중에는 그냥 남겨 두었다.

매니저는 그런 찬세를 볼 때마다 잔소리를 그치지 않았다. 나중에는 훈련 난이도를 높여 적들이 시도 때도 없이 등장하게 만들었다. 꼬마가 로켓포를 발사하기도 하고 아기 엄마가 아기 밑에 숨겨 두었던 총을 꺼내 쏘기도 했다. 공격을 받은 뒤에 반격하면 적을 제거해도 점수가 절반밖에 오르지 않았다. 미리 공격해야 제 점수가 다 나왔다.

찬세는 내키지 않았지만 공격을 받았으니 기관포를 발사할 수밖에 없었다. 공격 헬리콥터 조종석 아래에 달린 30밀리미터 기관포는 집도 무너뜨릴 만큼 강력했다. 예광탄이 섞여 있어 레이저 광선처럼 빛을 내뿜으며 날아가는 기관포탄을 보면 속이 다 후련할 만큼 멋있었다. 일 분에 천이백 발이 발사되는 기관포탄은 하나하나가 작은 폭탄이었다. 전차 지붕을 뚫을 만큼 강력해서 건물을 날리는 것쯤은 일도 아니었다. 레이저 유도 미사일이라도 발사하면 작은 마을을 순식간에 뒤집을 수 있었다.

하지만 기관포탄 소나기의 쾌감도, 미사일 한 방의 짜릿함도, 매니저의 지겨운 잔소리도 잠시였다. 찬세는 게임이 지루해졌다. 벌써 몇 달째 같은 게임만 하고 있었다. 잠잘 때도 게임 속을 날아다녔다. 모든 것이 게임 배경으로 보였다. 학교에서도 걷고 뛰는 친구들 머리 위로 점수가 나타났다. 떠드는 아이 오백 점, 공부하는 아이 이천 점, 선생님은 오천 점!

찬세는 보손 게임이 지겨웠다. 그래서 매니저가 없을 때를 노려 다른 게임을 했다. 다른 애들은 점수가 쑥쑥 올라가는데 연습을 게을리한 찬세의 훈련 점수는 제자리걸음이었다.

"너 이러다가 떨어지면 어떡할래? 다른 애들은 다 프로게이머 되는데 너만 헛고생하고 집으로 돌아갈 거야?"

매니저가 아픈 곳을 찔렀다. 그럴 수는 없었다. 찬세는 야단 맞을 때마다 정신을 바짝 차렸지만 지겨운 건 지겨운 거였다. 하루에도 열 시간 가까이 같은 게임만 반복하다 보니 이제는 눈을 감고도 게임을 할 수 있을 정도였다.

찬세를 관찰해 온 매니저가 기동 훈련이 지겨우면 전투 훈련에 집중하라며 훈련 과정을 바꿔 주었다. 지금까지는 기지에서 출발해 훈련장으로 날아가는 기동 훈련과 전투 훈련을 섞어서 했지만, 이제는 시작부터 등장하는 적과 싸워야 했다.

적은 곳곳에서 나타났다. 가끔 민간인도 나왔는데 적과 구분하기가 쉽지 않았다. 찬세는 잔뜩 긴장해 기관포와 미사일을 닥치는 대로 발사했다. 긴장을 하니 전투 훈련이 재미있었다. 화면에 표시된 점수가 쑥쑥 올라갔다. 신이 난 찬세는 공격 헬리콥터에 실린 무기를 다 쏟아붓고 다시 무기를 장착하러 기지로 복귀하기를 되풀이했다.

네 번 연속 출격했을 때였다. 문득 게임 화면 아래쪽 무너진 건물 구석에 보일락 말락 숨어 있는 두 사람이 눈에 들어왔다. 은폐가 되지 않아 대충 기관포 몇 발을 쏘면 쓰러질 적이었다. 점수도 낮아서 하마터면 그냥 지나칠 뻔했다.

찬세가 화면을 확대해 보았다. 건물 모퉁이에 기대어 주저앉은 남자가 보였다. 낡은 옷을 입고 머리에 때 묻은 천을 두른 남자가 어린 여자아이 한 명을 등 뒤에 숨기고 있었다. 남자는 딸을 자기 몸으로 가리며 소리를 질렀다. 들리지 않아도 알 수 있었다. 그 사람은 찬세가 조종하는 공격 헬리콥터를 향해 필사적으로 두 손을 내저었다. 찬세가 화면을 더 확대했다. 남자의 어깨 너머로 여자아이 얼굴이 보였다. 까무잡잡하고 눈이 커다란 아이는 금방이라도 울음을 터뜨릴 것 같았다.

"적 확인, 기관포를 발사하세요!"
"적 확인, 기관포를 발사하세요!"

공격 헬리콥터의 회전날개가 거센 모래바람을 일으켰다. 남자의 옷자락이 바람에 펄럭였다. 남자의 가슴에 십자 모양의 조준선이 맞춰져 있었다. 빨간 불빛이 깜빡이며 공격을 재촉했다. 공격 명령을 무시하면 감점이다. 하지만 찬세는 조종간의 발사 단추를 누를 수가 없었다. 화면 속의 여자아이가 겁에 질린 눈으로 찬세를 바라보고 있었다. 젖먹이 송아지 같은 눈이었다.

"지금까지는 태웅이가 일등이군. 점수도 높고 기체 손상도 없고. 좋아. 다음!"

성적순으로 스물아홉 명을 모두 확인하자 마지막으로 찬세 기록이 나왔다.

"박찬세? 이 녀석은 뭐야? 격추당한 기록이 있잖아! 담당 누구야?"

찬세 매니저가 앞으로 나오자 강대한 씨가 따져 물었다.

"교육을 어떻게 시키고 있는 거야? 왜 격추당했어?"

"그게 말입니다, 찬세가 워낙 정확한 걸 좋아하는 성격이라 확실히 적을 확인한 다음에 사격을 하다 보니까 시간이 걸려서 반격도 당하고, 그래서 격추도 당하고, 또……."

강대한 씨가 손바닥으로 책상을 두드렸다.

"그게 무슨 헛소리야? 작전 명령대로 해야지, 왜 제 눈으로 확인을 해? 계기를 믿어야지 왜 제 눈을 믿어? 비행착각 훈련 안 했어?"

"했습니다. 찬세가 그래도 사격은 제일 잘합니다. 격추 때문에 누적 점수가 깎여서 그렇습니다."

"그 말이 그 말이잖아. 아무리 명중률이 높으면 뭐 하냐고! 격추당하면 말짱 꽝인데. 우리가 왜 지겹도록 반복 훈련을 하는지 잊었어? 엉?"

"다시 교육시키겠습니다."

매니저가 고개를 숙였다. 강대한 씨가 강조했다.

"절대 격추당하면 안 돼. 연습을 실전같이 하란 말이야. 나중에 작전이 시작되면 어떻게 하려고 그래? 훈련생들에게 진짜처럼 생각하라고 해. 진짜처럼!"

찬세는 짜증이 났다. 공격 헬리콥터가 적의 휴대용 대공미사일 공격으로 폭발해서 기분이 나쁜데 매니저마저 신경을 긁었다.

"시키는 대로 하라니까. 네 친구 태웅이는 지금까지 한 번도 격추당한 적 없어. 우수반 애들은 지금 항공모함 이착륙 훈련에 들어갔단 말이야."

"걔는 전투기잖아요. 나는 헬리콥터고."

"어쨌든 네 헬리콥터니까 격추당하지 않게 해. 발사가 늦는 게 문제야. 적을 보면 무조건 쏴야지, 한 박자 늦게 쏘니까 반격을 당하는 거야."

찬세가 매니저 아저씨를 노려봤다. 태웅이와 비교당한 것도 기분 나쁜데 자존심이 걸린 사격술까지 잔소리를 들었다. 찬세는 사격술만큼은 자신 있었다. 다른 애들처럼 무조건 쏴 버리는 건 강아지도 한다. 찬세처럼 적과 보통 사람을 구별해서 쏘는 것이 어렵다.

"그럼 매니저님이 한 번 해 보세요!"

"다 너 잘되라고 하는 소리야. 이러다가 최종 시험 떨어지면 어떻게 하냐? 너 잘리면 내 월급도 깎인단 말이야. 우리 좀 잘해 보자. 알았지? 무조건 쏴. 감점 없으니까 무조건."

매니저가 꼬리를 내리고 부드럽게 말했다. 찬세는 화면을 들여다보며 씩씩거렸다. 화면이 너무 실감 나는 게 문제였다. 적들이야 실감 날수록 신나게 싸울 수 있었다. 그러나 적과 싸우다가도 여자나 아이, 사람들이 사는 집과 자동차가 나오면 자기도 모르게 발사 단추에서 손가락이 떨어졌다.

다른 게임에서는 그러지 않았다. 그냥 보이는 대로 사격했고 가끔 적이 아닌 사람을 죽이기도 했지만, 그건 그저 게임일 뿐이었다. 하지만 보손 게임은 달랐다. 진짜 사람이 죽는 게 아니라는 걸 아는데도 마음이 좋지 않았다. 한 번은 사격 명령대로 강아지를 쐈더니 집에서 꼬마가 울며 달려 나온 적도 있었다.

물론 규정대로 하면 감점이 없으니 일단 쏘고 볼 일이었다. 게다가 재수 없으면 적이 아닌 줄 알고 돌아섰는데 뒤에서 휴대용 대공미사일이나 로켓포탄이 날아오기도 했다. 그래서 조종하던 공격 헬리콥터가 격추당했다. 매니저가 팔짝 뛰었지만 어쩔 수 없었다.

찬세는 주위를 둘러봤다. 다른 연습실로 갔는지 매니저가 보이지 않았다. 찬세는 화면 선택 기능을 수동으로 바꿨다. 수동 화면 선택은 금지 기능이었다. 보손 게임이 지겨워진 찬세가 며칠 전 금지된 수동 화면 선택을 아무렇게나 누르다가 텔레비전 보는 방법을 찾았다. 주로 야구 경기를 중계하는 스포츠 채널도 찾았다. 찬세는 게임 연습을 하다가 중간중간 야구 중계방송을 봤다. 처음에는 게임을 하다가 지겨우면 야구를 봤는데, 이제는 야구를 보다가 매니저가 올 때만 게임 연습을 했다. 앞과 양옆, 위아래까지 다섯 개나 되는 대형 화면으로 야구를 보니까 야구장에 온 것처럼 실감이 났다.

찬세가 좋아하는 함라 타이곤팀이 공격할 차례였다. 초록색 야구장을 보자 찬세는 참을 수 없을 만큼 야구를 하고 싶었다. 야구 중계방송도 좋지만 찬세가 정말 좋아하는 건 자기가 직접 하는 진짜 야구였다. 온 힘을 다해 야구공을 던질 때 뻐근한 어깨와 팔, '깡' 하고 울려 퍼지는 방망이 소리, 하늘 높이 날아가는 야구공, 글러브에 야구공이 빨려 들어올 때 화끈 달아오르는 손바닥, 시합이 끝나고 벌컥벌컥 마시는 찬물까지,

야구의 모든 것이 그리웠다. 생각해 보니 너무 오랫동안 야구를 쉬었다. 야구를 시작한 뒤로 이렇게 오랫동안 야구공을 놓아 본 적이 없었다. 찬세는 갑자기 못 견디게 글러브가 끼고 싶었다.

중계를 맡은 아나운서가 쉴 새 없이 떠들어 댔다.

"투수, 신중하게 포수와 사인을 나누고 있습니다. 포수가 글러브를 옆으로 빼지 않는군요. 이렇게 되면 정면 승부인가요? 투아웃에 주자는 일삼루. 3번, 4번으로 이어지는 타순이기 때문에 여기서 승부를 봐야 한다고 생각한 것 같습니다. 하지만 지금 타석에 들어서 있는 2번 타자도 만만치 않습니다. 최근 타격감에 물이 오른 선수예요. 창과 방패의 대결입니다. 투수 던졌습……!"

딱!

야구방망이는 타자가 휘둘렀는데 찬세 뒤통수에서 소리가 났다. 눈앞이 캄캄했다. 뒤통수를 만지며 돌아보니 언제 왔는지 매니저가 찬세를 째려보고 있었다. 찬세는 눈을 감고 한숨을 쉬었다.

만나고 싶지 않았다

"잘 보이나? 화질 체크해."

"네, 잘 보입니다. 수신 감도 백 퍼센트."

연습실에 있는 매니저가 게임기 화면 속의 강대한 씨를 향해 고개를 끄덕였다.

강대한 씨는 비행장에 있었다. 강대한 씨 옆으로 둥근 콘크리트 격납고가 보였다. 반원형 콘크리트 지붕 두께가 일 미터는 될 듯했다. 강대한 씨 뒤로는 대형 초음속 전투기가 보였다. 기술자 여러 명이 전투기 조종석에 부착된 원격조종 장치를 마지막으로 점검하고 있었다. 조종석에는 여러 대의 카메라와 무선송신기, 원격조종기, 위성 송수신 장치, 비상용 자동조종 장치 등이 복잡하게 얽혀 있었다.

강대한 씨가 무전기에 대고 주문을 했다.

"조종간을 최대한 잘게 나눠서 오른쪽으로 꺾어!"

훈련석에 앉아 있던 매니저가 게임기의 조종간을 기울였다. 전투기의 수직꼬리날개와 수평꼬리날개, 주날개의 뒷부분이 미세하게 움직였다. 강대한 씨가 고개를 끄덕이며 소리쳤다.

"이번엔 반대로 급하게!"

매니저가 지시받은 대로 게임기 조종간을 앞뒤 좌우로 움직이자 전투기의 주날개와 수평꼬리날개, 수직꼬리날개의 뒷부분이 크게 움직였다.

전투기 안에 설치된 원격조종 장비들을 점검한 기술자들이 전투기에서 내려왔다. 강대한 씨가 마지막 점검을 마쳤다. 기다리고 있던 공군 조종사가 사다리를 딛고 전투기에 올라탔다. 원래는 조종사 두 명이 앞뒤로 타게 되어 있는 복좌식 전투기였지만, 이번에는 조종사 한 명만 조종석에 앉았다. 원격조종 장치가 제대로 작동하지 않을 때 비상 조종을 하기 위해서였다. 원격조종 장치만 제대로 움직여 주면 조종사는 손 하나 까딱하지 않아도 된다. 조종사가 출발 준비 신호를 했다.

강대한 씨가 매니저를 불렀다.

"자, 이제 시작이야. 태웅이 정신 똑바로 차리게 해. 이제부터는 게임 모드로 바꿔."

"알겠습니다."

강대한 씨가 탄 차가 관제탑을 향해 재빨리 출발했다. 매니

124

저가 게임 모드를 실행시키자 화면이 바뀌면서 연습실 화면으로 비행장이 한눈에 들어왔다. 전투기 조종석에 설치된 카메라들이 보내 주는 화면을 합쳐 게임 화면으로 재구성한 것이다. 조종석에서 밖을 바라보는 각도여서 실제로 전투기 조종석에 앉아 있는 것 같았다. 보손 게임의 기본 화면이라 다들 익숙한 화면이었다.

매니저가 인터폰을 들었다.

"태웅아, 연습실로 와라."

다른 훈련생 몇 명과 함께 대기실에서 기다리고 있던 태웅이가 연습실로 달려왔다.

"이게 새로 테스트하는 기능인데 비행 한 번 해 봐."

매니저가 태웅이에게 말했다.

"어떻게 비행하면 돼요?"

"별거 없어. 지시대로만 하면 돼."

태웅이가 게임기 조종간을 잡았다. 원래 하던 게임보다 전투기 반응이 약간 느린 것 같았다.

"조심해서 비행해. 네 맘대로 이상한 거 하지 말고."

"알았어요."

태웅이가 고개를 끄덕이며 조종간을 잡았다. 엔진 출력을 높이자 화면 옆 엔진 출력을 나타내는 막대가 점점 길어졌다. 전투기가 활주로를 달렸다. 화면에 비치는 비행장 관제탑이 순식간에 뒤로 멀어졌다.

연습실에서 4백 킬로미터 떨어진 남해안의 비행장 활주로에서 초음속 전투기 한 대가 힘차게 날아올랐다. 관제탑에 올라 컴퓨터로 비행 상태를 점검하는 강대한 씨 얼굴은 얼음처럼 창백했다. 하도 긴장해서 위가 아플 지경이었다. 드디어 첫 단추를 꿰는 순간이었다. 태웅이가 비행기를 조종하는 연습실 화면이 강대한 씨 주위의 모니터들에도 그대로 나왔다. 화면은 선명하고, 화면 아래 지시 기능도 알아보기 쉬웠다.

태웅이는 비행장 관제탑의 강대한 씨가 컴퓨터를 통해 지시하는 대로 연습실에서 전투기를 조종했다. 새 기능을 시험한다기에 긴장했던 태웅이도 점점 조종에 익숙해졌다. 별로 새롭지 않은 것 같았다. 그냥 지금까지 하던 대로만 하면 되는데 뭐가 새롭다는 거지? 태웅이는 궁금해하면서도 능숙하게 전투기를 조종했다. 초음속 전투기가 아니라 손쉬운 전기 자동차를 운전하는 것 같았다. 오전에 있었던 시험비행은 성공이었다.

오후에는 헬리콥터와 중대형 비행기들의 원격조종 장치를 점검했고 모두 성공했다. 강대한 씨는 시험 결과를 기다리고 있던 윗사람들에게 보고를 마쳤다. 먼저 함라그룹 회장에게 전화를 했고, 그다음은 정부 관계자였다. 시험비행 영상 자료도 따로 보냈다. 정부 관계자는 보손 게임단 뒤에 함라그룹이 있다는 사실을 몰랐다. 회장은 절대 함라그룹이 겉으로 드러나서는 안 된다며 비밀을 철저히 지키도록 했다. 강대한 씨에게도 그 편이 나았다. 지원하되 관여하지 않는 이상적인 파트

너였다.

모든 것이 예정대로였다. 석 달이라는 짧은 시간 동안 강대한 씨가 해낸 일은 다른 사람이 보기에는 기적에 가까웠다. 리이트 형제가 첫 비행에 성공한 지 석 달 만에 초음속 비행기를 만들어 냈다면 이와 비슷한 성공일 것이다. 강대한 씨는 석 달이 안 되어 초중학생 30명을 최고 실력의 조종사로 만들어 냈다. 십 년 가까운 준비와 그 가능성을 믿고 모든 것을 지원해 준 몇몇 실력자들 덕분이었다.

테스트를 마친 강대한 씨는 차를 운전해 고속도로로 들어섰다. 평소보다 고속도로에 차가 많은 것 같았다. 강대한 씨는 무슨 일인가 싶어 라디오를 켜고 교통방송을 들었다.

"내일부터 시작되는 추석 연휴를 맞아 고속도로 하행선이 심하게 정체되고 있습니다. 현재 서울 부산은 아홉 시간, 서울 광주는 일곱 시간 반이 소요됩니다. 도로교통공사는 오늘 하루 오십 만 대의 차량이 서울을 빠져나갈 것으로 보고 있습니다."

전부 고향으로 가는 차들이었다. 어쩐지 차마다 사람들이 가득가득 타고 있었다. 강대한 씨는 라디오를 껐다. 서울로 올라가는 차선은 그다지 밀리지 않는다고 하니 다행이었다. 강대한 씨는 집에 늦게 가도 걱정해 줄 가족이 없었다. 추석 연휴에는 그동안 밀렸던 잠을 자는 게 고작일 것이다. 사나흘 자고 일어나면 연휴가 끝난다. 이럴 때는 가족이 없는 게 다행이었다.

보손 게임단에 들어간 뒤 처음으로 평일 연습이 없는 날이
었다. 찬세는 교문 앞 화단에 앉아 태웅이를 기다렸다. 태웅이
네 반 아이들이 나오기 시작했다. 거의 다 나온 것 같은데 태
웅이가 보이지 않았다. 찬세는 태웅이네 반 지훈이에게 태웅
이가 왜 안 나오는지 물어보았다.

"태웅이 오늘 아침에 조퇴했어."

"왜?"

"게임단에 중요한 일이 있대. 너는 안 갔냐?"

"오늘 게임단 쉬는 날인데?"

"아냐. 아까 아침에 게임단 버스가 태웅이 태우고 가는 거
봤어."

찬세는 갑자기 기분이 나빠졌다. 알고는 있었지만 이렇게
대놓고 차별 대우를 할 줄은 몰랐다. 태웅이만 데려다가 뭘 하
고 있을까? 뭘 하든 간에 태웅이가 특별 대접을 받고 있는 게
분명했다. 찬세는 눈앞에 있는 스티로폼 조각을 차며 집으로
갔다. 벽돌만 한 조각이 집에 다 왔을 때는 두부만큼 작아져
있었다.

아침이 되자 찬세 엄마는 출근 준비를 했다. 마트는 남들 쉴
때 더 바쁘다. 찬세 엄마는 추석 연휴 기간 내내 연장 근무를

해야 했다. 시골에는 당연히 가지 못한다.

"밥 차려 놨으니까 아빠랑 먹어."

찬세가 하품을 하며 엄마를 배웅했다.

"알았어. 잘 갔다 와, 엄마."

"오늘은 연습실 안 가니?"

"응, 오늘은 연습 없어."

"뭐 할 거니?"

"몰라. 그냥 잘 거야."

"쉴 만큼 쉬고 게임 연습도 좀 해. 너 게임단에서도……."

찬세 엄마가 뭔가 말할 듯하다가 그냥 돌아섰다.

엄마가 집을 나서자 찬세는 방으로 달려갔다. 오늘부터 나흘 동안 쉰다. 학교도 게임단도 모두 안녕이다. 찬세는 오늘 하루는 내내 잠을 자고 싶었다. 김밥 속의 단무지처럼 이불을 온몸에 감고 하루 종일 뒹굴뒹굴 잘 수 있다. 생각만 해도 기분이 좋았다. 그러려면 아침잠이 달아나면 안 된다. 잠기운이 조금이라도 남아 있을 때 얼른 잠자리로 돌아가야 한다. 이부자리에 누우니 슬금슬금 잠이 다시 찾아왔다. 흘러내리는 촛농처럼 몸이 녹는 것 같았다.

"찬세야, 목욕 가자!"

벌컥 방문이 열렸다. 녹아내리는 촛농 위에 찬물을 부은 거나 마찬가지였다. 찬세가 방문을 등지고 돌아누웠지만 잠은 이미 멀리 달아난 뒤였다.

찬세가 짜증을 냈다.

"아빠아!"

"오랜만에 때 좀 밀어야지. 아침에 가야 물이 깨끗해."

찬세는 투덜거리며 아빠를 따라 목욕탕에 갔다. 아침인데도 목욕탕에는 사람들이 제법 많았다. 아빠는 찬세 몸이 당근처럼 빨개질 때까지 때를 밀어 주었다.

"지우개 인간이냐?"

아빠가 찬세를 놀렸다. 찬세도 아빠 등껍질을 벗기려고 때수건에 힘을 잔뜩 줬지만 그럴수록 아빠는 더 좋아했다.

"어허, 시원하다!"

집에 돌아와 둘이 아침밥을 먹고 나니 열 시 반이었다. 하루가 통째로 남아 있었다. 햇빛 들어오는 방바닥에 누워서 찬세는 어떻게 놀까 궁리했다. 예전에는 혼자 있을 때면 게임을 했는데, 이제는 게임 생각만 해도 멀미가 났다. 모니터는 물론이고 텔레비전도 쳐다보기 싫었다.

'이런 날은 야구를 하면 딱 좋은데!'

하지만 글러브도 공도 없다. 무엇보다 야구를 하다 걸리면 엄마 아빠가 화를 낼지도 모른다. 찬세는 프로게이머가 되어 돈을 벌면 제일 먼저 야구 글러브를 사야겠다고 생각했다. 공과 야구방망이도 가장 비싼 걸 살 생각이었다.

다시 야구를 해야겠다고 생각하니 온몸에 찌릿찌릿 전기가 통하는 것 같았다. 돈을 벌면 유리창을 깨도 척척 물어 줄 수 있다. 어쩌면 아이들이 다시 모여들어 야구단을 만들자고 할지도 모른다. 찬세는 주장을 배신한 아이들을 용서해 줄까 말까 고민했다. 아무리 생각해도 태웅이 코를 납작하게 만들어 줄 수 있는 방법은 야구밖에 없었다. 늘 홈런이나 얻어맞던 주제에 게임 점수가 좀 높다고 잘난 척을 하다니!

어제 연습실에 혼자 다녀온 태웅이가 전화를 걸지 않는 것도 찬세는 기분 나빴다.

'나 같으면 뭘 했는지 전화로 알려 줬을 거야.'

뭔가 중요한 일이 있었을 것 같은 느낌이 들었다. 태웅이가 부쩍부쩍 앞서 가는 것 같았다. 찬세는 벌떡 일어났다. 가만히 누워 있어서 될 일이 아닌 것 같았다.

"어디 가냐?"

신발을 신는 찬세에게 아빠가 물었다.

"태웅이네."

"게임 연습은 안 해? 조금 있으면 졸업 시험이잖아."

"내가 뭐 게임 기계야? 오늘은 놀 거야."

"시험 보고 놀면 되잖아. 꼴등이라며."

"누가 그래?"

"소문 다 났어. 어쨌든 연습 좀 해."

찬세는 아까 엄마가 하려다 만 이야기가 뭔지 이제야 알 것 같았다. 엄마가 누구한테 그 이야기를 들었는지도 알 것 같았다. 찬세가 보손 게임단에서 꼴등이라는 걸 아는 사람은 태웅이밖에 없다. 소문에 둔한 아빠까지 알 정도라면 알 만한 사람은 다 안다고 봐도 된다. 찬세는 온몸이 다시 당근으로 변하는 것 같았다. 몸보다 마음이 더 빨갛게 달아올랐다.

"태웅이 지금 게임하는데."

태웅이 엄마가 문을 열어 주며 말했다.

"무슨 게임요?"

"새로 나온 2차 대전 전투기 조종 게임이야. 구식으로 싸우는 게 더 재밌더라, 호호호!"

태웅이 엄마도 어느새 게임 박사가 되어 버렸다. 찬세는 태웅이네 집에 오자마자 기분이 더 나빠졌다. 태웅이 엄마도 찬세를 만만하게 보는 것 같았다.

찬세가 왔는데도 태웅이는 방에서 나오지 않았다. 찬세가 방에 들어가자 태웅이가 흘낏 쳐다보더니 다시 모니터로 눈을 돌렸다.

"왔냐? 좀 기다려. 나 이거만 끝내고."

"어제 혼자 가서 뭐 했냐?"

찬세가 침대에 걸터앉으며 물었다.

"별거 아니었어. 게임 기능 테스트했어."

태웅이가 시큰둥하게 대답했다.

"왜 너만 불러다 시켰대?"

"내가 조종을 제일 잘하니까 그런 거지. 다른 조에서도 에

132

이스들이 와서 테스트했어. 당연한 걸 물어보냐?"

태웅이는 모니터에서 눈을 떼지 않고 대답했다. 찬세가 입술을 깨물었다.

모니터에서는 제2차 세계대전 때 사용했던 단발 프로펠러 전투기들이 벌 떼처럼 붕붕거리며 날아다녔다. 날개에 동그란 영국군 표시를 단 태웅이 전투기가 철 자 표시를 단 독일군 전투기 사이를 누비고 다녔다. 요즘 전투기처럼 레이더와 컴퓨터가 자동으로 목표를 잡아 주는 게 아니라 조종석 투명 덮개 앞쪽에 있는 조준 십자를 적에게 맞춰서 기관총을 쏴야 하기 때문에 조준하기가 까다로웠다.

찬세는 화면 왼쪽에 있는 태웅이의 격추 기록을 봤다. 독일 폭격기 네 대, 독일 전투기 스물한 대, 일본 전투기 마흔네 대를 떨어뜨렸다. 태웅이가 적 전투기를 떨어뜨릴 때마다 최고 기록이 바뀌었다. 적의 전투기들이 태웅이를 노리고 사방에서 달려들었다. 빨갛게 빛나는 기관총탄이 빗발처럼 쏟아졌다. 가끔 대여섯 대씩 편대를 이룬 독일 전투기들이 십자포화를 쏟아부을 때도 있었다.

태웅이는 용케 빈틈을 찾아 적의 편대 속으로 돌진해 기관총탄을 피했다. 피하면서도 적 전투기가 조준선 안에 들어오면 사정없이 방아쇠를 당겼다. 태웅이 전투기 좌우 날개에 네 정씩, 모두 여덟 정 달려 있는 기관총들이 한꺼번에 불을 뿜었다.

짧게, 자주, 정확하게! 태웅이의 사격은 빗나가는 법이 없었다. 떨어뜨려도 떨어뜨려도 적의 전투기는 새까맣게 몰려들었다. 게임은 좀처럼 끝나지 않았다.

"야! 그만하고 나 좀 봐."

찬세가 발로 태웅이 의자를 흔들었다.

"하지 마."

"조금 있다가 하라니까!"

"할 말 있으면 해. 다 들리니까."

"너 정말 이럴래?"

찬세가 화를 냈다. 조금만 더 뜨거워지면 눈알이 총알처럼 발사될 것 같았다.

"찬세야, 기다렸다가 태웅이 게임 끝나면 이야기하지 그러니?"

태웅이 엄마가 과일 접시를 가지고 들어오며 말했다. 태웅이 엄마는 포크 두 개에 사과를 찍더니 둘 다 찬세에게 쥐여 주었다.

"너 먹으면서 태웅이도 좀 먹여 줘. 얘는 게임에 한번 빠지면 집이 무너져도 모르니까. 그래서 늘 일등이긴 하지만, 호호호!"

찬세가 사과를 내려놓고 벌떡 일어섰다. 그놈의 일등 타령을 들을 때마다 멀미가 나려고 했다.

"벌써 가려고? 놀다 가지."

태웅이 엄마가 문을 열어 주며 웃었다. 찬세가 돌아서는 것보다 문 닫히는 소리가 더 빨랐다.

찬세는 주머니에 손을 넣고 그저 걸었다. 집에 돌아가고 싶지는 않은데 딱히 갈 곳이 없었다. 터벅터벅 걷다 보니 자기도 모르게 공원에 와 있었다.

공원은 그대로였지만 딱 하나 변한 게 있었다. 전에 야구를 할 때는 홈과 일이삼 루의 잔디가 조금씩 말라 있었다. 내야를 달리는 발걸음에 잔디가 밟히면서 자연스럽게 야구장 모양이 그려졌다. 그런데 오랫동안 야구 시합을 하지 않은 지금은 잔디가 파릇파릇 되살아나 야구장 모양이 사라지고 없었다. 예전에 알던 공원이 아닌 것 같았다.

야구를 하는 사람은 없었다. 자전거 타는 여자, 아빠랑 축구공을 차는 꼬마, 유모차를 미는 아기 엄마, 벤치에 앉아 있는 할머니와 할아버지, 멀리 배드민턴을 치는 중학생 들이 보였다.

찬세는 양버즘나무 둥치에 등을 기대고 앉았다. 날씨가 너무 아까웠다. 하늘은 파랗고 잔디밭으로는 햇살이 쏟아졌다. 햇볕을 받으며 달려도 땀이 날까 말까 한 날씨, 운동하기에 완벽한 날씨였다. 이런 날을 그냥 흘려보내는 건 물도 마시지 않으면서 정수기를 틀어 놓는 거나 마찬가지다.

찬세는 한 번이라도 제대로 야구방망이를 휘둘러 보고 싶었다. 하늘 높이 울려 퍼지는 방망이 소리를 듣고 싶었다. 찬세는 꼼짝하지 않고 떠 있는 흰 구름 덩어리를 쳐다보다가 벌떡

일어섰다. 저쪽에서 야구방망이를 메고 걸어오는 두 사람이
보였다.

"오빠! 나 야구 못한다니까."

"내가 가르쳐 줄게."

두 사람은 대학 이름이 크게 쓰여진 커플 티셔츠를 입고 있
었다. 남자는 야구 글러브 두 개를 들고, 여자는 야구방망이를
도깨비방망이처럼 어깨에 메고 있었다. 남자가 글러브를 찬세
옆에 내려놓고 여자에게 방망이 휘두르는 법을 가르쳤다.

"발은 어깨 넓이만큼 벌려서 십일 자로 서고, 눈은 나를 봐.
투수를 보란 말이야."

찬세는 글러브와 야구공에서 눈을 떼지 못했다. 찬세가 침
을 꿀꺽 삼켰다. 찬세 손이 저절로 글러브로 향했다. 길이 잘
든 가죽 글러브였다. 찬세는 왼손에 슬며시 글러브를 껴 보았
다. 글러브가 찬세 손을 빨아들이는 것 같았다. 글러브를 끼고
내친김에 야구공도 쥐어 보았다. 매끈매끈하고 손가락에 착
감기는 새 야구공이었다. 찬세는 야구공을 하늘에 던졌다가
받았다. 글러브에 공이 쏙 들어왔다. 몇 번 하다 보니까 투수
처럼 공을 던져 보고 싶었다.

찬세가 방금 전까지 기대고 있던 양버즘나무 둥치에 공을
던졌다. 공을 맞은 나무둥치에서 껍질이 조금 떨어졌다. 지나
가던 할아버지가 버럭 고함을 쳤다.

"이놈아, 나무 아프다!"

여자에게 방망이 휘두르는 법을 가르쳐 주던 남자가 찬세를 바라보았다. 찬세는 슬금슬금 글러브를 내려놓았다.

"연습하고 있어."

남자가 여자에게 말했다. 여자는 울상을 지으며 방망이를 계속 휘둘렀다.

남자가 찬세에게 다가와 물었다.

"나랑 캐치볼 할래?"

찬세가 고개를 끄덕였다. 둘은 글러브를 끼고 가볍게 공을 주고받았다. 몸이 풀리자 공이 점점 빨라졌다.

"제법인데! 너, 이름이 뭐냐?"

남자가 웃으며 말했다.

"찬세예요, 박찬세."

"난 주신수다. 저쪽은 내 여자 친구 신지해."

서로 이름과 실력을 알게 된 두 사람은 마음 놓고 공을 던졌다. 글러브에 공이 꽂히는 소리가 팡팡 잔디밭에 울려 퍼졌다.

"오빠! 나 언제까지 이러고 있어야 돼?"

신지해가 금방이라도 쓰러질 것 같은 목소리로 물었다. 주신수가 달려가 야구방망이를 받아 들었다.

찬세는 캐치볼이 일찍 끝나서 아쉬웠다. 하지만 끝이 아니었다. 주신수도 찬세만큼이나 야구를 좋아하는 모양이었다. 방망이 대신 자기 글러브를 여자 친구에게 끼워 주더니 나무 뒤에 세워 두었다.

"여기 있다가 공이 오면 주워서 나한테 던져 줘."

"나 어떻게 던지는지 몰라."

"그냥 던지면 돼. 힘껏!"

주신수의 관심은 다른 데 있었다. 주신수가 찬세에게 야구 방망이를 내밀었다.

"내가 던질 테니까 너는 쳐. 아웃당할 때까지."

오랜만에 야구방망이를 손에 들자 팔근육이 두 배로 부푸는 것 같았다.

'그래, 바로 이 느낌이야!'

찬세는 야구방망이를 연습 삼아 휘둘렀다. 방망이가 공기를 가르는 소리가 상쾌했다.

"자, 던진다!"

주신수가 공을 던졌다. 찬세가 방망이를 휘둘렀지만 헛스윙 이었다. 야구공은 양버즘나무를 맞히고 옆으로 굴러갔다. 신 지해가 달려가서 공을 잡아 던졌다.

"잘했어! 그렇게 하는 거야."

칭찬을 받은 신지해가 활짝 웃었다. 주신수가 다시 공을 던 졌다. 이번에도 헛스윙이었다. 찬세는 결국 삼진 아웃을 당했 다.

이번에는 찬세가 투수를 했다. 주신수는 파울을 하나 치고 헛스윙을 하나 했다. 세 번째 공은 스트라이크였다.

"너, 야구 잘하는구나!"

아웃을 당한 주신수 얼굴에서 웃음이 사라졌다. 둘은 번갈아 가며 공을 던지고 쳤다. 몸이 점점 풀렸다. 찬세 방망이가 조금씩 빨라졌다.

깡!

찬세가 안타를 쳤다. 주신수가 달려가 공을 주워 왔다.

"일 대 영!"

신지해가 소리쳤다.

처음에는 장난처럼 시작했지만 시간이 갈수록 둘 다 진지해졌다. 지금 두 사람은 승부를 벌이고 있었다. 나이를 떠나서 야구를 좋아하는 두 사람의 실력 대결이었다. 양버즘나무 뒤에서 헉헉대며 공을 주우러 다니는 신지해의 모습은 안중에도 없었다. 오직 상대방만 눈에 들어왔다.

아직까지는 누가 잘 친다고 말할 수 없었다. 누가 잘 던진다고도 할 수 없었다. 둘 다 실력이 비슷했다. 이럴 때는 큰 거 한 방으로 모든 것이 결정된다. 두 사람 다 큰 거 한 방을 노렸다. 그리고 결국 한 방이 터졌다.

까앙!

알루미늄 방망이가 터질 듯한 소리를 냈다. 공을 때린 야구 방망이가 시원스럽게 돌아갔다. 방망이 소리가 울려 퍼지자 공원에 있던 사람들이 이쪽을 돌아보았다. 소리보다 먼저 손에 와 닿는 묵직한 느낌으로 찬세는 공이 제대로 방망이에 맞았다는 걸 알았다. 손에서 시작해 팔로 전해져 온몸이 떨리는 느낌. 머릿속이 하얗게 비어 버리는 이 맛! 찬세 가슴이 뻥 뚫렸다. 정말 오랜만이었다.

"맞았다! 맞았다! 진짜 잘 맞았다! 공 날아가는 것 좀 봐!"

신지해가 나무 뒤에서 팔짝팔짝 뛰었다. 주신수가 멍한 얼굴로 날아가는 공을 지켜봤다. 공은 포물선을 그리며 높이 날았다. 날개라도 달린 듯, 절대 떨어지지 않을 것처럼 보였다. 공은 찬세가 가장 좋아하는 방향, 그러니까 공원 끝 이층집 쪽으로 날아갔다.

그 집이 눈에 들어오는 순간 찬세는 가슴이 덜컥 내려앉았다. 손해배상 청구서의 악몽이 떠올랐다. 야구공은 보금자리를 찾아가는 비둘기처럼 그 집 울타리 안에 내려앉았다.

승부가 끝났다. 찬세의 승리였다. 주신수가 나무 밑으로 걸어오더니 말했다

"공 주워 와."

찬세가 고개를 저었다.

"수비가 가야죠."

"결자해지니까, 친 사람이 주워 와."

주신수가 털썩 잔디에 주저앉았다. 신지해도 달려와 글러브를 내던지고 남자 친구 옆에 앉았다.

어쩔 수 없이 찬세가 공을 주우러 갔다. 공원 잔디밭을 가로지르는 찬세 발걸음이 무거웠다. 남의 공이라 그냥 포기할 수도 없었다. 찬세는 울타리를 넘기 전에 사람이 있는지부터 살

140

펴보았다. 아무도 없는 것 같았다. 찬세는 고양이처럼 울타리를 넘었다. 정원을 살폈지만 공은 보이지 않았다. 혹시 또 거실 창문을 깼나 싶이 유리창도 살펴보았다. 유리창은 말짱했다. 찬세는 공을 찾아 살금살금 집 모퉁이를 돌아가다가 우뚝 서 있는 사람과 부딪쳤다.

"이걸 찾는 거냐?"

깜짝 놀란 찬세가 그 자리에 주저앉았다. 찬세는 곧 일어났지만, 집주인을 바라보지 못했다. 무섭기도 했고, 무슨 일이 일어날지 걱정도 되었다. 고개 숙인 찬세 눈에 집주인이 들고 있는 야구공과 부서진 자동차 사이드미러가 보였다. 찬세는 고개를 더 푹 숙였다.

집주인이 차가운 목소리로 말했다.

"한동안 조용하다 싶더니 또 시작이구나. 나랑 진짜 한번 해 보겠다는 거냐? 왜 쉬는 날 내 집에서 조용히 잠도 잘 수 없는 거지? 어디 어떻게 생긴 녀석인지 얼굴 좀 보자."

길쭉한 손가락이 찬세 턱을 치켜들었다. 찬세 눈에 집주인 얼굴이 보였다. 집주인도 찬세를 보았다. 두 사람은 서로 깜짝 놀라 소리쳤다.

"단장님!"

"박찬세!"

점심때가 지났는데도 잠옷 차림인 집주인은 보손 게임단 단장 강대한 씨였다.

새벽의 공중전

드디어 최종 시험날이 되었다. 공휴일이어서 훈련생들은 모두 아침 일찍 연습실 강당에 모였다. 강당에는 조별로 의자가 놓여 있었다. 매니저 한 명이 나와 시험 내용을 설명해 주었다. 시험에 나온 작전지역은 아프가니스탄. 산골짜기의 게릴라 기지를 파괴해야 했다.

혼자 또는 조별로 비행과 공격 훈련을 했던 연습과 달리 시험에서는 모든 훈련생들이 한 가지 작전에 투입됐다. 네 대씩 묶은 폭격기 세 팀이 폭격을 하고, 전투기 세 팀이 미사일 공격을 하고, 마지막에는 세 대씩 묶은 공격 헬리콥터 두 팀이 남은 적들을 확인해 쓸어 버리는 순서였다.

기지를 완전히 잿더미로 만드는 게 목표였다. 작전이 끝나면 연기 말고는 움직이는 것이 없도록 완벽하게 청소를 해야 했다.

설명이 끝나자 산뜩 긴장했던 훈련생들 얼굴이 조금씩 풀어졌다. 조별로 미리 뽑은 번호 순서대로 연습실에 들어가 주어진 비행 임무를 완수하면 된다. 단장실 유리창으로 양복 입은 중년 남자들이 보였다. 여기저기 관계 기관에서 나온 참관인들이었다.

"저 아저씨들 누구예요?"

훈련생 하나가 매니저에게 물었다.

"너희들의 프로게이머 합격을 진심으로 축하해 줄 분들이다. 이 바닥 실력자들이니까 최선을 다해서 잘 보여라."

매니저가 속삭였다.

단장실에 있는 강대한 씨와 매니저들이 훈련생들보다 더 긴장했다. 강대한 씨는 주문처럼 마음속으로 같은 말을 되풀이했다.

'성공한다, 성공한다, 성공한다.'

단장실 앞쪽에 놓여 있는 초대형 모니터가 켜졌다. 사람들이 모두 의자에서 일어나 모니터 쪽으로 고개를 숙였다. 화면에는 지하 회의실의 그 사람, 비밀의 최고 실력자가 보였다.

강대한 씨가 모니터를 향해 말했다.

"지금부터 보손 사이버 전투 비행단의 작전을 시작하겠습니다."

그가 고개를 끄덕였다. 강대한 씨가 신호를 주자 매니저 한 명이 시작 버튼을 눌렀다. 여태까지는 게임이었지만 이제부터는 게임이 아니었다. 훈련생들만 그 사실을 몰랐다. 알 필요가 없었다.

강당에 있는 커다란 모니터에 게임의 시작 화면이 떴다. 게임 배경은 밤이었다. 훈련생들은 시험이어서 그러려니 생각했다. 평소에도 밤이나 비가 올 때, 심하면 폭풍이 칠 때도 비행 훈련을 해 왔다. 훈련생들에게 비바람 없는 맑은 밤은 장애물이 아니었다. 낮에도 대부분 그렇지만 어차피 야간 비행은 중앙 통제 컴퓨터의 신호를 보고 하는 계기 비행이다. 게임 화면에 쉴 새 없이 나오는 작전 명령대로만 따르면 된다.

첫 번째 전술 폭격기조 네 명의 번호가 화면에 떴다. 폭격기조 훈련생들이 연습실에 들어가 자기 게임기 자리에 앉았다. 남은 훈련생들은 화면에 나오는 게임 장면을 지켜보며 조용히 자기 차례를 기다렸다.

게임은 훈련처럼 매끄럽게 진행되었다. 문제가 있는 폭격기는 한 대도 없었다. 어두운 밤, 검은 폭격기는 박쥐처럼 날아가 폭탄을 퍼부었다. 적들에게는 하늘 높이 뜬 폭격기를 격추할 대공 무기가 없었다. 다만 반격하는 적들이 없어서 점수 딸 기회가 적은 게 문제였다. 훈련생들은 마음 놓고 조종을 했다.

한 대, 또 한 대, 임무를 완수하고 기지로 돌아오는 비행기들이 늘어 갈수록 강대한 씨 얼굴이 밝아졌다. 매니저가 강대한 씨에게 손수건을 내밀었다. 강대한 씨는 손수건으로 이마를 닦았다. 쓱 닦았을 뿐인데도 손수건이 땀으로 젖어들었다.

한국은 오전이었지만 중동의 황무지에 자리 잡은 미 공군기지는 아직 어두운 새벽이었다. 여느 때와 달리 공군기지 전체에 환하게 조명이 켜져 있었다. 불빛이라고는 찾아볼 수 없는 캄캄한 황무지 가운데 눈부신 공군기지는 까마귀 떼에 섞여 들어간 백조처럼 눈에 띄었다. 삼 킬로미터 가까이 뻗어 있는 활주로 옆으로 줄줄이 색색 조명이 켜져 있었다.

분사구에서 불기둥을 내뿜으며 전투기들이 삼십 초 간격으로 바쁘게 날아올랐다. 잠시 뒤면 세상이 잠에서 깨어날 테지만, 어둠 속에서 전투기의 방문을 받은 적들은 영원히 아침을 맞지 못할 것이다.

전투기들이 꼬리를 물고 하늘로 날아오를 때, 정작 조종사들은 비상 대기실에서 창밖을 바라보고 있었다. 다들 표정이 씁쓸해 보였다.

"벌써 우리가 은퇴할 때가 된 건가?"

폭격기 조종사 한 명이 중얼거렸다.

"나이 마흔에 벌써 은퇴라니!"

"그나저나 첨단 과학의 힘이 무섭긴 무섭구먼."

"그러게 말이야. 지금까지는 정찰기만 무인이었는데 이번에는 폭격기에 전투기에 헬리콥터까지 모두 무인 조종이야."

"도대체 위에서 무슨 꿍꿍이를 벌이고 있는 거야?"

전투기 조종사 한 명이 주위를 돌아보며 동료 조종사들에게 속삭였다.

"쉿! 이건 극비인데, 저 전투기들 한국 조종사들이 조종하고 있다네."

"뭐? 어디? 한국에서? 수천 킬로미터 밖에서?"

조종사들이 입을 딱 벌렸다. 전투기 조종사가 나머지 기밀도 털어놓았다.

"한국이 엉뚱하게 잘하는 게 좀 있잖아. 조종사들이 특별히 교육받은 원격 조종 천재들이래."

"한국 놈들, 보내라는 군대는 안 보내고 뭐 하는 짓이야?"

"조종사 보낸 거나 마찬가진데 뭘 그래."

"비행기는 우리나라가 대 주고? 재주는 물개가 부리고 돈은 사육사가 챙기는 거네?"

"비행기가 추락하면 한국이 물어내기로 했다더군. 우리 쪽에선 임대료도 꽤 챙기고 말이야. 우리나라가 손해 보는 장사하는 거 봤나?"

"이거 실패하기를 바라야 해, 말아야 해?"

"어쨌거나 우리 밥줄 안 끊기려면 무인비행기들이 망해야 하는데."

폭격기 조종사 한 명이 손가락을 꼽아 봤다.

"그럼 돈이 다 얼마야? 한 대라도 추락하면 그 조그만 나라

망하겠다."

"한국이 그렇게 돈이 많나?"

"별로 안 많아. 돈 안 들이고 생색내려고 머리 쓴 거지, 뭐. 보험 들었을 거야."

"어쨌든 다른 나라는 손 털려고 하는데 한국은 우리 편을 들어 준다니 기특하네."

"걔네들이 원래 앞뒤 없이 착하잖아."

조종사들이 고개를 끄덕였다.

"이번 테스트를 잘 마치면 무인비행기가 실전에 계속 투입될 거래."

"그걸 우리가 환영해야 하나?"

"좋을 거 뭐 있어?"

"민간 항공사에 여객기 기장 자리 있나 알아봐야지."

"거긴 뭐 자리 찾기가 쉬운 줄 알아?"

조종사들이 쓸쓸하게 웃었다. 무인비행기가 조종사들의 임무를 빼앗아 가면 다음 순서는 뻔했다. 필요 없어진 조종사들이 군대에 남아 있을 자리는 없었다. 곧바로 구조 조정이었다.

"이러다가 한국 원격조종사를 수입하는 거 아냐?"

"내 걱정이 바로 그거야."

조종사들은 용케도 많은 것을 알고 있었다. 지금 출격하는 군용기들은 모두 한국 정부가 임대를 했다. 엄청난 비용이 들었지만 작전에 성공할 경우 돌아올 경제적 효과는 비용을 훨씬 웃돌 것이다. 누구는 군대를 보내지 않고도 참전하게 되어 명분과 실리를 모두 챙겼다. 누구는 엄청난 전쟁 비용 때문에 골머리를 앓다가 군용기 임대로 돈 한 푼 안 들이고 군사작전을 진행하게 되었다. 누구는 평소라면 접근도 못했을 최신 공군기를 운용하며 앞으로 군사 기업을 운영하는 데 필요한 경험과 실력을 쌓을 수 있게 되었다. 강대한 씨의 보손 게임단을 중심으로 모두가 행복한 순간이었다.

조종사들이 조용히 지켜보는 가운데 정찰 헬리콥터 한 대를 앞세우고 공격 헬리콥터 세 대가 이륙했다. 아직 전투기 팀의 작전이 진행 중이었지만, 속도가 느린 헬리콥터가 먼저 이륙한 것이었다.

연습실에 앉은 찬세가 화면을 노려봤다. 어둠 속에서 녹색 계기판이 선명하게 빛났다. 찬세는 지난밤 잠을 자지 못했다. 잘 수가 없었다. 최종 선발전에 합격해야 모든 고민이 해결된다. 그럴 리는 없겠지만 혹시 선발전에서 떨어진다면? 생각만 해도 몸서리가 쳐졌다. 찬세는 눈을 부릅뜨고 조종간을 움켜잡았다.

찬세가 조종하는 공격 헬리콥터가 밤하늘을 날아 작전지역으로 움직였다. 비행장의 불빛이 사라지자 세상이 온통 어두웠다. 문득 화면 위쪽을 보니 하늘에 별이 가득했다. 옆으로는 함께 날아가는 같은 조의 공격 헬리콥터들이 보였다. 같은 조였지만 공격 방식이 너무 달라서 그리 친하지 않은 훈련생들이었다.

앞 화면 구석에는 앞서 날아간 정찰 헬리콥터에서 전송한 화면이 작게 떠 있었다. 적이 있으면 화면이 커지면서 밝아질 텐데, 조그만 걸 보니 긴장할 필요가 없었다.

"우리가 무슨 청소부 같잖아."

"그러게. 하이에나도 아니고 이게 뭐냐?"

다른 헬리콥터에서 투덜대는 소리가 헤드폰에 울렸다. 찬세도 같은 기분이었다. 연습 때처럼 적의 탱크 부대를 습격하러 가거나 적군 기지를 공격하러 가는 편이 백배 나았다. 폭격기 세 팀이 쓸고 지나간 적군 기지는 돌무더기로 변했을 것이다. 전투기 세 팀이 쓸고 지나갔으니 돌무더기는 모래 더미가 되었을 것이다. 공격 헬리콥터 두 팀이 마저 공격한다면 모래 더미는 먼지가 되어 날릴 것 같았다.

찬세는 아까 창문으로 보았던 단장의 옆모습을 떠올렸다. 강대한 단장이 단장실에서 모든 작전을 지켜보고 있을 것이다. 점수를 보고 합격 불합격을 정할 것이다. 합격해야 한다. 프로게이머가 되어 돈을 벌어야 한다. 찬세 귀에는 '두구두구 두구두구' 공격 헬리콥터의 주 날개 돌아가는 소리가 마치 '두고보자두고보자'처럼 들렸다. 강대한 단장의 목소리였다.

추석 연휴 첫날, 야구공을 찾으러 갔다가 붙잡힌 찬세에게 강대한 씨가 말했다.

"자동차 수리비 청구서는 집으로 보내마. 정신적 피해 보상도 함께."

찬세는 가슴이 철렁 내려앉았다. 그제야 첫 번째 손해배상 청구서를 보낸 사람이 누구인지 깨달았다. 원수는 외나무다리에서 만난다는 속담이 생각났다. 하지만 지금 상황은 찬세에게 절대 불리했다. 손이 묶이고 눈을 가린 채 외나무다리에 서 있는 것 같았다. 이런 때일수록 정신을 바짝 차려야 했다.

지난번 손해배상 청구서는 찬세네 집에 엄청난 폭풍을 일으켰다. 그나마 찬세가 게임단에 들어가서 엄마가 화를 가라앉혔다. 다른 청구서를 받는다면 엄마는 폭발할지도 모른다. 엄마가 화내는 게 겁이 나기도 했지만, 찬세가 더 걱정하는 것은 따로 있었다. 찬세 엄마는 눈뜨고 있는 시간 대부분을 일해야 했다. 찬세는 그게 다 자기 때문인 것 같아 늘 미안했다. 그런 엄마한테 또 청구서를 보낸다고? 절대 안 될 말이었다.

찬세가 재빨리 강대한 씨 팔을 붙잡았다.

"단장님, 월급 타면 차 고쳐 드릴게요. 조금만 기다려 주세요!"

"월급? 누구 맘대로 월급?"

"프로게이머 되면 월급 받을 수 있잖아요."

강대한 씨가 찬세 얼굴을 보며 피식 웃었다.

"물론 받을 수 있지. 시험을 통과하면 말이야. 그때까지 청구서를 보내지 말까?"

"네, 제발요."

강대한 씨가 고개를 끄덕였다.

"그래. 두고 보자. 네 월급으로 모든 걸 해결할 수 있을지."

"감사합니다."

찬세는 단장이 정말 고마웠다. 그래서 깊이 고개 숙여 인사했다. 찬세가 고개를 들었을 때 단장은 돌아서서 집 안으로 들어가고 있었다.

"단장님, 감사합니다!"

찬세가 한 번 더 소리쳤다. 강대한 씨는 대답하지 않았다.

찬세는 그날 일을 생각하며 입맛을 다셨다. 청구서 때문에라도 꼭 프로게이머가 되어야 한다. 그래야 자동차 수리비를 낼 수 있다. 찬세가 이런저런 생각을 하는 동안 머리 위로 마지막 전투기 팀이 요란한 소리를 내며 날아갔다. 공격을 마치고 기지로 돌아가는 길이었다.

작전지역에 미리 도착한 정찰 헬리콥터가 화면을 보내왔다. 작은 화면이 밝아지면서 세 배로 커졌다. 폭탄과 미사일을 그렇게 쏟아부었는데도 아직 적이 남아 있다는 표시였다.

정찰 화면을 본 공격 헬리콥터 조원들이 소리쳤다.

"오케이! 나도 점수 좀 따자!"

"내가 먼저야!"

공격 헬리콥터 두 대가 속도를 높였다. 찬세도 뒤질 수 없었다. 낮게 비행하는 헬리콥터들 뒤로 구름 같은 먼지가 일었다. 저만큼 앞에 적의 기지가 있는 산골짜기가 보였다.

적 기지는 더 이상 기지가 아니었다. 건물이 있던 자리에 돌조각들이 쌓여 있었다. 동굴 입구도 무너져 내린 바윗덩이로 막혀 있었다. 조종석 앞에 달린 야간 열영상 흑백 화면에 적의 기지가 있던 자리가 환하게 비쳤다. 움직이는 것은 보이지 않았다. 여기저기서 불이 활활 타오르며 검은 연기가 구름처럼 솟아올랐다. 가끔 폭발이 일어나면서 펑펑 소리가 났고, 그때마다 뭔지 모를 작은 조각들이 하늘로 솟아올랐다.

"뭐가 있다는 거야?"

"아무것도 안 보여!"

"3호기, 뭐 좀 보이냐?"

3호기에 탄 찬세도 적을 찾을 수가 없었다. 야간 투시 장비가 달린 헬리콥터 세 대가 부지런히 돌아다녔지만 헛수고였다. 적군 기지가 있었다던 골짜기는 폭격기의 폭탄과 전투기의 미사일 공격으로 석기시대가 되어 있었다. 그렇지만 아직 기지로 복귀하라는 명령은 떨어지지 않았다. 찬세는 골짜기를 이곳저곳 돌아다녔다. 무너지지 않은 동굴 같은 게 있으면 공격해 볼 속셈이었다.

찬세가 조종하는 공격 헬리콥터가 무너진 우물터를 지날 때였다. 우물터에 쌓여 있던 돌 더미가 와르르 무너졌다. 그 옆에는 나무 더미도 있었다. 찬세는 헬리콥터를 작은 산봉우리 뒤에 숨기고 야간 투시경으로 우물터를 지켜보았다.

나무 더미에서 사람 머리 하나가 쑥 나왔다. 젊은 남자였다. 남자가 고개를 내밀고 주위를 살피더니 조심조심 나무 더미 밖으로 나왔다. 남자가 가까운 흙더미로 달려가 얼룩덜룩한 천을 젖히자, 그 밑에서 자동차 한 대가 나왔다. 그러는 동안 나무 더미에서 사람이 더 나왔다. 모두 네 명이 나오더니 작은 자동차에 올라탔다. 찬세가 휘파람을 불었다.

'점수다!'

찬세 헬리콥터가 산봉우리 뒤에서 불쑥 솟구쳤다. 검고 커다란 공격 헬리콥터가 엔진 소리 요란하게 자동차 위로 날아갔다. 자동차를 타고 몰래 도망가려던 사람들이 놀라는 모습이 야간 투시경에 비쳤다. 공격 헬리콥터를 향해 뭔가 소리를 지르는 것 같았다. 기도하듯 두 손바닥을 겹쳐 흔들기도 했다.

찬세는 자동차를 향해 눈길을 고정시켰다. 찬세의 시선이 가는 대로 움직이게 되어 있는 기관포의 포구도 자동차를 향해 있을 것이다. 자동차 한 대는 만 점, 사람 한 명에 천 점이니까 모두 만 사천 점이다. 1점에 1원이니까 모두 만 사천 원이다. 찬세는 조준 화면을 확대시켰다. 기관포탄을 비처럼 쏟아붓는 공격은 누구나 한다. 포탄을 낭비하는 그런 공격은 재미가 없었다. 찬세는 정확하고 깔끔하게 기관포탄 몇 발로 목표를 처리하고 싶었다.

화면이 커지자 차에 탄 사람들 얼굴이 보였다. 젊은 남자가 셋, 찬세 또래 아이가 하나였다. 아이는 두 손으로 귀를 막고 있었다. 눈을 감은 얼굴이 잔뜩 일그러져 있었다.

발사 단추를 누르려던 찬세 손가락이 멈췄다. 찬세는 처음부터 실감 나던 이 게임이 점점 더 진짜 같아진다고 생각했다. 어쩌면 지나칠 정도였다. 신나게 부수고 신나게 죽일 수 없을 만큼 실감이 났다. 적들이 꼭 살아 있는 사람 같았다. 그럴 리가 없는 걸 알면서도 순간순간 깜짝 놀랄 만큼 화면이 생생했다.

'무조건 쏴! 잘못 쏴도 감점 없으니까 무조건!'

매니저의 목소리가 들리는 것 같았다. 감점이 없으니 무조건 쏴라? 그럼 적이 아닐 수 있는데도 쏘라는 말인가? 자세히 살펴보니 차에 탄 사람들 중에는 총을 가진 사람이 없었다. 총이 없으면 적이 아니다.

찬세가 망설이는 동안 자동차가 움직이기 시작했다. 이대로 두면 도망가고 만다. 물론 자동차가 도망가 봐야 공격 헬리콥터에서 보면 손바닥 위의 개미였다. 손가락에 힘만 주면 된다. 조그만 자동차 따위는 몇 킬로미터 밖에서도 눈 깜짝할 사이 날려 버릴 수 있다. 몰래 속삭이는 듯 헤드폰에서 매니저 목소리가 나지막하게 들렸다.

"찬세야, 뭐 해? 빨리 쏴야지! 도망가잖아."

"저 사람들 총이 없어요."

"상관없어. 적 기지에 있으면 적이야. 쏴! 빨리!"

154

망설이던 찬세가 발사 단추에 다시 손가락을 올렸다. 제법 속도가 난 자동차가 점점 멀어졌다. 그래봐야 기관포탄보다 빠를 수는 없다. 어디서 나타났는지 공격 헬리콥터 2호기가 자동차를 쫓아갔다.

"내가 잡았다. 요놈들, 죽어라!"

"쏘지 마! 내 자동차야."

찬세가 외쳤다. 저쪽 헬리콥터에서 되받아 소리쳤다.

"먼저 잡는 게 임자지. 식사 기도 하냐?"

자동차가 방향을 바꿨다. 찬세가 말릴 새도 없이 옆 헬리콥터에서 기관포탄을 퍼부었다. 야간 투시경에 번쩍이는 기관포의 불꽃이 하얗게 보였다. 큼직한 불덩이들이 날아간다 싶었는데 자동차가 있던 자리가 눈 깜짝할 사이에 비어 버렸다.

하늘로 날아올랐던 파편들이 떨어져 내렸다. 자동차 바퀴, 찢어진 철판, 돌 조각 따위였다. 그리고 사람 옷처럼 보이는 천이 팔랑 떨어졌다. 찬세가 얼굴을 찌푸렸다. 자세히 보면 죽은 사람도 보일 것 같았다. 기관포탄을 맞았으니 정육점의 삼겹살처럼 빨갛고 조그맣게 변해 있을 것이다. 보손 게임은 이게 문제였다. 저렇게 자세히 보여 줄 필요는 없다고 투덜대려는데 눈앞이 번쩍 밝아졌다.

콰쾅!

방금 기관포를 쏜 공격 헬리콥터 2호기가 공중에서 폭발했다. 감탄이 나올 만큼 진짜 같았다. 찬세가 적 탐지 화면을 보자 뒤쪽에서 휴대용 대공미사일을 쏘고 달아나는 적들이 보였다. 두 명이었다. 찬세가 방향을 바꿔 공격하려고 하는데 어느 틈에 공격 헬리콥터 1호기가 날아와 기관포탄을 퍼부었다. 열심히 숨을 구멍을 찾아 달려가던 두 사람이 순식간에 사라져 버렸다.

매니저의 목소리가 귀에 울렸다.

"공격 헬리콥터 1팀 철수! 2팀 작전이 시작되었다. 1팀 철수!"

아군 기지로 돌아오는 길에 찬세는 귀가 아팠다. 공격 헬리콥터 1호기에서 찬세에게 자꾸 싸움을 걸었다.

"너 때문에 2호기가 격추당했잖아. 내 친구 시험 떨어지기만 해 봐. 가만 안 둬."

"그게 왜 나 때문이야? 자기가 방심해서 그렇지."

"네가 질질 끌어서 그런 거야. 왜 꾸물거려? 바보같이!"

"뭐? 바보? 말 함부로 하지 마."

"너나 똑바로 해, 바보 새끼야."

둘이 끊임없이 다투자, 보다 못한 매니저가 경고를 했다.

"둘 다 그만하고 조종이나 똑바로 해."

속삭이는 매니저 목소리 뒤로 버럭버럭 소리치는 강대한 단장 목소리가 들렸다.

"저놈들 다 불합격 처리해. 뭘 잘했다고 싸워?"

찬세는 머리를 갸웃거렸다. 불합격? 내가 뭘 잘못했는데?

찬세가 마이크로 매니저에게 물었다.

"저도 불합격이라고요? 왜요?"

이번에는 강대한 단장이 직접 나왔다. 목소리가 부들부들 떨렸다.

"복귀하자마자 당장 나가! 네가 무슨 짓을 했는지 알아?"

"저 아무 짓도 안 했어요."

"공격 헬리콥터 한 대가 격추당했잖아. 오백 억짜리가!"

"제 헬리콥터는 말짱해요."

"너 때문에 다른 헬리콥터가 격추당한 걸 몰라?"

"그게 왜 저 때문이에요? 뒤에서 적이 기습해서 그런 거지."

"네가 바로 공격을 했으면 적에게 틈을 안 줬을 거 아니냐. 변명하지 마라."

"적이 아닌 것 같은데 어떻게 공격을 해요?"

"적이고 아니고를 왜 네가 판단해? 네가 뭔데?"

찬세는 말문이 막혔다. 할 말이 없어서가 아니었다. 할 말이 너무 많아서 무슨 말을 먼저 해야 할지 몰랐다.

강대한 단장은 찬세를 쫓아내기로 마음먹은 것 같았다. 어쩌면 쫓아내려고 기회를 노렸는지 모른다고 생각하니 손이 부들부들 떨렸다.

지금까지 노력한 시간이 물거품이 되어 버렸다. 그동안 아무엇도 못하고 지겹도록 연습에만 매달렸는데 허무하게 잘려 버렸다. 프로게이머가 다 됐다고 생각했는데 단장의 말 한마디로 쫓겨나게 되었다. 찬세는 입술을 지그시 깨물었다. 월급이니 대학이니 달콤한 말로 꼬드길 때는 언제고, 이제 와서 길가의 개똥 취급을 하다니!

"거 봐, 나까지 불합격이잖아. 너, 죽었어!"

"당장 나와!"

1호기와 2호기를 조종하던 두 녀석이 번갈아 가며 찬세에게 싸움을 걸었다. 찬세가 주먹을 불끈 쥐었다. 좋다! 그러잖아도 한판 하고 싶던 참이었다.

하지만 찬세는 주먹으로 싸우고 싶지는 않았다. 주먹싸움이야 언제든 마음만 먹으면 할 수 있다. 찬세는 엄마가 돈을 낸 손해배상 청구서를 생각했다. 아직 돈을 내지 못한 자동차 수리비 청구서도 눈앞에 아른거렸다. 주먹싸움이라면 지지 않을 자신이 있었다. 그렇지만 이겨도 문제였다. 이라도 부러뜨리면 또 다른 청구서가 날아오지 않을까 겁부터 났다. 찬세는 이를 악물었다.

게임단에서 쫓겨나고 덤으로 자동차까지 고쳐 줘야 한다면 엄마는 얼마나 화를 낼까? 얼마나 괴로워할까? 찬세네 가족만 괴로운 건 불공평했다. 얌전히 물러설 수는 없었다. 쫓아낸다면 나갈 수밖에 없다. 그렇지만 쫓겨날 땐 쫓겨나더라도 꼴찌라는 꼬리표는 떼고 싶었다. 진짜 꼴찌인지 아닌지 실력 발휘를 해 보고 싶었다. 그러려면 한판 붙어야 한다! 주먹으로 말고 조종 실력으로 말이다.

'어디 불합격 솜씨를 한번 봐라!'

찬세가 공격 헬리콥터 1호기에게 말을 걸었다.

"야! 기다릴 것 없이 지금 헬리콥터로 한판 붙자."

"좋아!"

찬세가 조종간에 힘을 주었다. 찬세의 공격 헬리콥터가 엔진 출력을 높이더니 갑자기 방향을 바꿔 날아올랐다. 1호기도 독수리가 몸을 비틀듯 급하게 방향을 바꿨다. 미사일을 쏠 만한 거리가 아니었다. 근접전일 때는 기관포가 우선이었다.

두 헬리콥터는 서로 옆과 뒤를 내주지 않으려고 두 마리 뱀이 꼬이듯 공중 기동을 했다. 공격 헬리콥터에 달린 기관포에는 사각(死角)이 있다. 조종사의 어깨 뒤 각도는 사격을 할 수 없다. 전면으로 맞서면 쏘기 쉽지만 맞기도 쉽다. 헬리콥터의 뒷면을 내주면 게임 끝이다. 무조건 상대 헬리콥터가 볼 수 없는 사각으로 들어가야 한다.

한껏 출력을 높인 두 개의 고출력 터보샤프트 엔진이 거대한 짐승처럼 울부짖었다. 어두운 황무지 위에서 공격 헬리콥터 두 대가 공중전을 벌였다. 어두워서 상대를 맨눈으로 볼 수 없으니 탐색 장비에 의지해 감각적으로 기체를 조종했다.

육중하면서도 강력한 쌍발 엔진을 장착해 민첩한 공격 헬리콥터들의 공중 기동은 독수리들의 싸움처럼 화려했다. 둘 다

회전날개로 서로를 잘라 버릴 듯 가까이 붙었다가 떨어지기를 되풀이했다. 너무 가까워서 기관포로 상대방을 조준할 각도가 좀처럼 나오지 않았다. 붙어 있다가 떨어지는 순간에 생길 빈틈을 노려야 했다. 1호기를 조종하는 훈련생도 솜씨가 보통이 아니었다. 찬세도 이를 악물고 조종에 집중했다.

"뭐 하는 짓들이야? 당장 그만두지 못해!"

강대한 씨의 고함 소리가 들려왔다. 하지만 그보다는 헬리콥터의 엔진 소리가 더 요란했다.

찬세는 엔진 출력을 최대로 올리고 하늘을 향해 치솟았다. 속도가 빠른 전투기라면 중력을 이기고 공중회전을 하겠지만 느린 헬리콥터는 공중회전을 하지 못한다. 중력 때문에 속도가 죽기 전에 다시 꺾어 내려가야 한다.

목표를 놓친 1호기가 당황하며 쫓아오려고 할 때 찬세는 공격 헬리콥터의 머리를 돌렸다. 기체를 비틀어 네 시 방향으로 급하강하는 삼차원 기동을 하자 1호기 옆구리가 찬세의 조준기에 들어왔다. 목표를 확인하자마자 찬세가 손가락으로 발사 단추를 눌렀다. 수박만 한 불덩이들이 밤하늘을 가르며 날아갔다. 기관포탄을 허리에 맞은 공격 헬리콥터 1호기가 공중에서 두 동강이 났다. 어두웠던 황무지가 환하게 밝아졌다.

단장실에서 비명 소리가 들렸다. 강대한 씨 목소리였다. 시험을 마치고 기분 좋게 떠들던 훈련생들이 단장실 쪽을 바라보았다. 단장실에 앉아 화면을 지켜보던 참관인들이 벌떡 일어섰다. 우리 편끼리 싸움을 벌이다니! 그것도 작전을 마치고 기지로 돌아오는 길에서!

"저놈들 뭐야! 당장 연습실에서 끌어내!"

강대한 단장이 일그러진 얼굴로 명령을 내렸다. 벌써 공격 헬리콥터 두 대가 추락했다. 화면으로 작전을 지켜보던 높은 분의 지하실에서도 작전 중지 명령이 날아왔다. 매니저가 마이크에 대고 작전 중지와 기지 복귀 명령을 내렸다. 찬세의 연습실로 몇 명이 달려갔다.

찬세는 팔을 뻗어 연습실 문을 잠갔다. 그리고 마이크를 모든 사람이 들을 수 있는 채널로 돌린 다음 소리를 질렀다.

"그래, 나 꼴찌다. 꼴찌한테 한번 덤벼 봐! 날 이기지 못하면 너희들이 꼴찌야!"

찬세 목소리가 강당에 쩌렁쩌렁 울렸다. 찬세는 기관포탄을 퍼부으며 공군기지로 돌진했다. 찬세가 발사한 기관포탄과 미사일이 기지에 나란히 줄지어 있는 폭격기와 전투기를 향해 날아갔다. 비행기들이 폭발하며 여기저기서 불길이 치솟았다. 강당에 모여 있던 훈련생들이 환성을 질렀다.

"한번 해 보자 이거야?"

"이거 재밌겠다!"

"우리끼리 최강자를 뽑자!"

훈련생들이 연습실로 달려가더니 서둘러 자기 비행기를 이륙시켰다. 활주로 위는 아수라장이었다. 기지에 있던 군인들이 폭발을 피해 개미 떼처럼 이리저리 달아났다. 관제탑의 관제도 받지 않고 이륙하기 위해 움직이던 비행기들끼리 서로 부딪치기도 했다. 어느 틈에 이륙한 전투기들이 기지 위에서 공중전을 벌였다. 마지막 공격을 위해 적의 기지로 가고 있던 공격 헬리콥터 세 대도 전속력으로 돌아와 공중전에 참가했다. 매니저들이 훈련생들을 말리려고 달려들었지만 어쩔 도리가 없었다. 훈련생들의 조종간을 빼앗으면 비행기가 추락했고, 그냥 두면 아군기들끼리 전투가 벌어졌다.

"안 돼애애애!"

강대한 씨가 소리를 지르며 머리를 쥐어뜯었다. 신이 나서 최선을 다해 싸우고 있는 훈련생들에게는 강대한 씨 목소리가 들리지 않았다.

슈웅! 쾅!

두두두! 두두두두두!

콰쾅! 쾅! 쾅!

펑! 펑! 펑!

찬세는 이것이 마지막 게임이라는 게 아쉬웠다. 이번에야말로 제대로 실력 발휘를 하는 것 같았다. 찬세는 쉬지 않고 미사일을 발사했다. 미사일이 목표를 향해 날아가면서 생기는 하얀 궤적이 새벽 하늘에 어지러이 깔렸다.

'……다섯 대, 여섯 대…….'

찬세가 입술에 침을 바르며 격추한 비행기 수를 셌다. 아군

기여서 점수는 올라가지 않았다. 이번 게임이 끝나면 최고 기록을 세울 수 있을 것 같았다. 어쩌면 찬세 실력을 본 단장이 보손 게임단에 남아 달라고 힐지도 모른다.

찬세는 눈을 부릅뜨고 화면을 바라보았다. 다급하게 날아오는 무전, 공격 중지를 외치는 화면 아래 빨간 글자들이 깜빡였다. 해가 뜨는지 조금씩 밝아 오는 동쪽 하늘을 배경으로 거대한 불기둥이 잇달아 솟았다. 불꽃놀이 같은 파편이 여기저기서 튀어 올랐다.

"경고, 미사일 접근 중! 경고!"

찬세의 조종 화면에 경고 불빛이 번쩍거렸다. 찬세의 공격 헬리콥터를 향해 미사일이 날아오고 있었다. 전투기에서 발사한 공대공미사일 같았다. 보이지도 않고 피할 수도 없는 미사일이었다. 5, 4, 3…… 경고창의 숫자가 하나씩 줄어들었다. 그러든 말든 찬세는 눈앞의 비행기를 향해 얼마 남지 않은 기관포탄을 퍼부었다.

쾅!

요란한 소리가 나면서 찬세의 게임 화면이 번쩍였다. 찬세는 순간적으로 진짜 미사일을 맞은 듯한 착각에 빠졌다. 깜짝 놀란 찬세가 조종간을 놓았다. 머릿속이 하얘지면서 아무 생각도 나지 않았다. 정말 진짜 같은 게임이었다.

날고 싶어

여기저기 솟아오르는 불덩이들이 화면에 가득했다. 폭약과 항공유가 폭발할 때마다 검은 연기가 버섯구름처럼 일었다. 화면을 지켜보던 사람들은 여기저기 전화를 걸어 대느라 정신이 없었다. 전화벨 울려 대는 소리, 고래고래 소리 지르는 사람들 목소리가 강대한 씨 귀에 아득하게 들려왔다.

이 상황을 어떻게 수습해야 할지 눈앞이 캄캄했다. 매니저들이 강대한 씨에게 달려왔지만 강대한 씨는 눈을 꾹 감고 불끈 쥔 주먹을 부들부들 떨고만 있었다. 누가 강대한 씨를 잡아 끌었다. 강대한 씨를 단장실에서 끌어낸 사람은 보안 책임자였다.

복도 끝의 작은 방은 조용했다. 난방이 되지 않아 공기가 차가웠다. 찬 공기를 들이마신 강대한 씨가 정신을 차렸다.

보안 책임자가 휴대전화를 내밀었다.

"회장님이십니다."

강대한 씨는 성난 독사 머리에 귀를 대는 기분으로 전화를 받았다.

"강대한입니다."

"결과 잘 봤습니다."

회장의 목소리는 뜻밖에 차분했다. 강대한 씨 목소리가 갑자기 커졌다.

"회장님도 보셨지만 이건 시스템 잘못이 아니에요. 미꾸라지 같은 녀석 하나가 고의로 저지른 사고입니다. 기회를 주시면 다음에는…….''

"강 선생, 긴말할 시간은 없고 일단은 몸을 피하세요."

"예?"

"일이 이렇게 되었으니 저쪽에서는 누가 됐건 희생양이 필요할 겁니다. 그게 누구겠습니까?"

강대한 씨 등에 식은땀이 흘렀다. 회장이 말을 이었다.

"일단 자리를 피하고 나중에 이야기합시다. 보안 책임자가 보호해 줄 테니 그 사람을 따라가면 됩니다. 그럼 이만."

"회장님, 이대로 끝은 아니지요?"

강대한 씨가 물었지만 회장은 말이 없었다. 보안 책임자가 강대한 씨의 팔을 당겼다. 강대한 씨가 팔을 뿌리치며 다시 한

번 큰 소리로 물었다.

"이렇게 끝나는 건 아니지요?"

"그럼요. 첫 테스트치고 비용이 꽤 들었지만 가능성은 확인했습니다. 무엇보다 중요한 건 보안입니다. 강 선생의 안전은 우리가 책임질 테니 끝까지 최선을 다해 주세요. 이제 시작일 뿐입니다."

강대한 씨가 인사를 하기도 전에 전화가 끊겼다. 강대한 씨는 보안 책임자를 따라 작은 방을 나섰다. 강대한 씨를 찾고 있던 참관인들이 몰려들었다.

"찾았다!"

"빨리 잡아서 데려가!"

보안 책임자가 강대한 씨에게 외쳤다.

"내 뒤에 붙어요."

보안 책임자가 가스총과 전기 충격기를 휘둘렀지만 참관인들도 만만치 않았다. 복도가 아수라장이 되자 경비원들이 우르르 나타났다. 보안 책임자는 경비견을 끌고 온 경비원들을 지휘해 참관인들을 복도 끝까지 몰아붙인 뒤 강대한 씨를 건물 지하로 데려갔다. 남은 시간이 많지 않았다. 경비원들이 참관인들을 막는 것도 몇 분일 뿐, 곧 참관인들의 지원 병력이 주 출입문을 통해 밀려올 것이다.

지하 차고에는 사륜구동 자동차가 대기하고 있었다. 보안 책임자는 이미 봉쇄된 주 출입로를 피해 건물 뒤쪽 숲으로 자동차를 몰았다. 큼직한 자동차를 능숙한 솜씨로 몰면서 침엽수 사이를 빠져나갔다. 보손 게임단 건물이 나무 사이로 사라졌다. 사륜구동 사동차가 몇 번 요동치너니 곧 가시 철조망과 전기 철조망으로 된 이중 철책 앞에 섰다. 철책에는 자동차가 겨우 통과할 만한 철문이 있었다. 보안 책임자가 열쇠로 철문을 열고 자동차를 밖으로 몰았다. 철문 밖은 한적한 도로였다. 사륜구동 자동차가 엔진 소리를 높여 도로를 달렸다.

"이제 안심해도 됩니다."

강대한 씨가 한숨을 쉬었다. 지옥에서 살아 돌아온 듯한 느낌이었다.

"우선 집에 가고 싶은데요."

"집은 위험합니다. 안전한 곳으로 모셔다 드리지요."

"거기가 어딘데요?"

"연구를 계속할 수 있는 곳입니다."

"그러니까 거기가 어디입니까?"

"우리는 지금 국제공항으로 가고 있습니다. 공항까지만 제 책임입니다."

사실이 그랬다. 공항 이후의 일은 보안 책임자가 알 수 있는 일이 아니었다.

공항에서는 벌써 함라그룹 직원이 강대한 씨를 기다리고 있었다. 가짜 여권을 준비한 직원은 강대한 씨와 함께 국제선 비행기를 탈 것이다. 비행기를 몇 번 갈아타고, 그때마다 가짜 여권을 사용하면 신(神)조차도 지구상에서 강대한 씨를 찾아 낼 수 없을 것이다.

함라는 벌써 강대한 씨의 모든 기술 정보를 확보하고 있었다. 함라의 기술이라면 강대한 씨가 없어도 스스로 발전시켜 나갈 수 있다. 강대한 씨를 해외로 빼돌리는 것은 함라와 강대한 씨의 관계를 숨기고, 이미 들어간 투자 비용을 회수하기 위해 회장이 택한 일석이조의 방법이었다.

강대한 씨가 어깨를 활짝 폈다. 해외에 나가 연구를 계속할 수 있다면 나쁘지 않았다. 오히려 좋은 기회일지도 몰랐다. 다양한 군용기의 실전 테스트를 할 기회를 얻을 수 있을지 모른다.

'이번에는 중앙에서 개별 군용기를 통제할 수 있도록 조종 능력 탈취 프로그램을 추가해야겠다. 군용기 한 대에 전투 파일럿 한 명을 두고, 다른 곳에 탈취 파일럿을 따로 대기시켜 두는 거야. 유사시에 전투 파일럿의 조종을 무시하고 탈취 파일럿이 조종하도록 하는 거지. 그게 좋겠어.'

이 생각 저 생각 하는 동안 어느덧 국제공항에 도착했다. 창 밖으로 엄청난 소음을 내며 부자연스러운 각도로 하늘을 향해 치솟는 거대한 여객기가 보였다. 공항에 늘어선 여객기 중에는 강대한 씨가 타고 갈 비행기도 있었다.

"고마웠습니다."

강대한 씨가 돌아서는 보안 책임자에게 작별 인사를 하자마자 강대한 씨의 배송을 맡은 함라 직원이 다가왔다. 강대한 씨는 함라그룹에 은혜를 갚기 위해서라도 하루빨리 보손 게임의 확정판을 완성해야겠다고 다짐했다.

지구 반대쪽에는 강대한 씨를 기다리는 조직이 있었다. 지금까지는 함라와 전혀 거래가 없던 회사였지만, 얼마 전 기꺼이 거금을 주고 함라가 수출하는 최첨단 군사 서비스 제품을 구매했다. 제품명은 '강대한'이었다.

최종 선발전을 마치고 집에 어떻게 왔는지 찬세는 잘 기억나지 않았다. 보손 게임단 건물에 불이라도 난 것처럼 뛰어다니던 사람들, 발소리, 고함 소리, 여기저기서 울려 대던 전화벨 소리, 커다란 파이프로 연습실 문을 뜯고 훈련생들을 끌어내던 경비원들, 훈련생들을 버스에 마구 밀어 넣던 매니저들이 찢어진 사진처럼 조각조각 떠오를 뿐이었다.

정신을 차려 보니 시청 옆에 태웅이와 함께 서 있었다. 예전과 달리 훈련생들을 시청 근처에 한꺼번에 내려놓고 저만치 사라지는 보손 게임단 버스가 보였다. 찬세는 한 마디도 하지 않고 태웅이와 헤어져 집에 돌아왔다.

찬세는 집으로 돌아와 문을 걸어 잠그고 잠을 잤다. 피곤했다. 사흘쯤 밤을 새운 것처럼 졸음이 쏟아졌다. 딱 한 번 화장실에 가고 물을 마시러 일어났을 뿐, 밥도 먹지 않고 잠을 잤다. 걱정이 된 엄마가 방문을 두드렸지만 찬세는 문을 열어 주지 않았다.

월요일 아침 일찍 가방을 챙겨 학교에 가면서 찬세가 엄마에게 말했다.

"나, 시험 떨어졌어."

뭔가 말하려던 엄마가 찬세 얼굴을 보더니 입을 다물었다. 찬세는 그게 더 불안했다. 차라리 화를 내면, 야단을 치면, 마음이 편할 것 같았다. 찬세는 엄마가 계속 자기 뒷모습을 바라보고 있다는 걸 알았다. 엄마는 무슨 생각을 할까? 찬세는 눈을 부릅뜨고 걸었다. 안 그러면 괜히 눈물이 나올 것 같았다.

하루 내내 찬세는 독도처럼 쓸쓸하게 제자리에만 앉아 있었다. 누가 퍼뜨렸는지 찬세가 프로게이머 시험에서 떨어졌다는 소문이 학교 안에 나돌았다. 친구들이 수군대는 소리가 들리는 것 같았다.

수업이 끝난 뒤 찬세는 교실에서 가장 늦게 나왔다. 얼마 전만 해도 제일 먼저 달려 나와서 게임단 버스를 기다리곤 했는데, 이제 그 재미도 끝이었다. 조그만 학원 차들 사이를 지나쳐 번쩍번쩍 우뚝 높은 게임단 버스에 올라타는 맛, 쏟아지는 부러운 눈길을 모르는 척 은근히 즐기는 기분. 이제 찬세는 보손 게임단 훈련생이 아니었다. 손에 잡힐 것 같던 모든 것이 날아가 버렸다. 대학도, 월급도 꿈이 되어 버렸다. 다시 꼴찌가 되어 버렸다.

교실에서 교문 앞까지 백 미터밖에 안 되는 거리를 걷는 데

5분도 더 걸렸다. 보손 게임단 버스가 와서 태웅이를 태우고 떠났기를 바라며 찬세는 거북처럼 천천히 걸음을 옮겼다.

교문 앞 화단에 태웅이가 앉아 있었다. 찬세를 본 태웅이 표정이 묘했다. 둘이 함께 시험을 봤는데 태웅이는 합격, 찬세는 불합격이었다. 그냥 불합격이 아니라 보손 게임단에서 완전히 쫓겨났다. 찬세도 태웅이도 말은 안 했지만 서로의 처지를 알고 있었다. 늘 잘난 척하던 태웅이가 왠지 머뭇거렸다. 위로해 주고 싶은데 무슨 말을 해도 잘난 척하는 것처럼 들릴 걸 알기 때문에 쉽사리 말을 꺼내지 못했다.

"뭐 하냐?"

찬세가 먼저 입을 열었다.

"버스 기다려."

"아직 안 왔어? 시간 지났잖아."

"그러게. 한 번도 늦은 적 없는데."

버스 이야기가 끝나자 더는 할 말이 없었다. 찬세가 태웅이를 지나치며 말했다.

"나, 간다."

태웅이가 벌떡 일어섰다. 승부는 끝났지만 그동안 티격태격 쌓인 정이 있었다.

"찬세야, 뭐 좀 먹을래?"

"아니."

"먹고 가."

태웅이는 찬세를 끌고 근처 가게로 갔다. 가게 텔레비전에서 지구촌 뉴스가 나오고 있었다.

"아프가니스탄 부근에서 작전 중인 공군기지가 불바다로 변했습니다. 군용기 수십 대가 잿더미로 변해 엄청난 피해가 발생했습니다. 원인은 아직 밝혀지지 않았습니다만, 피해 규모로 미루어 대규모 공중전과 폭격이 벌어진 것으로 추정되고 있습니다. 전문가들은 현지 게릴라들이 공군기지를 공격할 만한 화력을 가지지 못했고 세계 최강의 전투기들이 힘없이 당한 것으로 보아 UFO의 소행이 아닌가 신중하게 조사하고 있습니다. 우리나라에서는 벌써부터 UFO의 지구 침략을 비난하는 항의 시위가 벌어지고 있습니다."

군복을 입은 할아버지들이 광장에 모여 UFO 규탄 시위를 벌이고 있었다. 텔레비전 화면에 나오는 불타는 공군기지가 어디서 많이 본 듯했다. 보손 게임 화면에서 나온 장면과 비슷했다. 찬세와 태웅이는 어리둥절해 서로 얼굴을 쳐다보았다. 보이지 않는 손 게임이 얼마나 잘 만든 게임인지 다시 한번 실감했다. 하지만 이제 후회해도 소용없었다. 시험은 원래 그런 거였다. 일단 끝나면 되돌릴 수 없다.

찬세가 아무것도 고르지 않고 가게 밖으로 나왔다. 뉴스를 보자 아무것도 먹고 싶지 않았다. 태웅이가 찬세를 따라 나왔다.

"나 그냥 갈래."

찬세가 돌아섰다.

찬세가 멀어지자 태웅이는 기분이 이상했다. 찬세하고 오래 사귀지는 않았지만, 야구부터 게임까지 꼭 붙어 다녔던 친구이자 맞수였다. 늘 서로를 이기려고 했지만 이런 모습을 보려고 그런 건 아니었다.

힘없이 걸어가는 찬세의 뒷모습을 보던 태웅이가 소리를 질렀다.

"찬세야!"

찬세가 걸음을 멈추고 돌아보았다. 태웅이가 외쳤다.

"월급 타면 야구 글러브 사 줄게."

거리는 꽤 떨어졌지만, 활짝 웃는 찬세 얼굴이 보였다. 찬세가 손을 흔들었다.

"소가죽으로 사 줘."

"알았어."

"야구공도."

"그래."

"알루미늄 야구방망이는?"

태웅이가 손을 흔들며 돌아섰다. 가만 놔두면 야구장까지 사 달라고 할 것 같았다.

태웅이는 글러브와 공을 사 주겠다는 약속을 지키지 못했다. 그날 두 시간이나 기다렸지만 게임단 버스는 오지 않았다. 처음 있는 일이었다. 다음 날도, 그다음 날도 마찬가지였다.

게임단 버스는 영영 나타나지 않았다.

버스만 사라진 게 아니었다. 보손 게임단 자체가 사라져 버렸다. 찬세와 태웅이는 왜 게임단이 사라졌는지 몰랐다. 보손 게임단 건물이 어디 있는지 모르니 찾아갈 수도 없었다. 단장과 매니저들도 전화를 받지 않았다. 시험에서 떨어진 찬세네는 조용했지만, 태웅이 엄마는 속았다고 펄펄 뛰었다.

물론 찬세는 강대한 단장이 어디 사는지 알고 있었다. 그렇지만 찾아가서 보손 게임단이 어떻게 되었는지 물어볼 생각은 전혀 없었다. 찬세는 태웅이에게 단장의 비밀을 알려 줄까 망설이다가 그만두었다. 뭔가 일이 생겼다면, 그래서 게임단이 없어졌다면, 그 틈에 손해배상 청구서까지 잊혀지길 바랐다.

찬세의 마음이 통했는지 두 번째 손해배상 청구서는 날아오지 않았다. 혹시 몰라 불안해하던 찬세는 한 달이 지나자 마음을 놓았다. 아쉽기는 했지만 다행이었다. 그동안 훈련하면서 하루도 마음 편할 날이 없었는데, 끝이라고 생각하니 시원섭섭했다.

찬세는 다시 학원에 다니기 시작했다. 찬세네 가족은 여전히 서로 얼굴 볼 시간이 없었다. 엄마 아빠는 밤에도 주말에도 일을 했고, 찬세는 뒤처진 공부를 쫓아가느라 정신이 없었다. 다람쥐가 쓰러질 때까지 돌리는 쳇바퀴처럼 아빠와 엄마, 찬세는 각자 눈앞에 닥친 일을 반복해서 해치우느라 서로를 눈여겨볼 새가 없었다.

찬세는 자동차 와이퍼처럼 학원과 학교를 오갔다. 이번에는 학원비를 꼬박꼬박 가져다주고 수업에도 빠지지 않았다. 그래도 모르는 건 여전히 모르는 거였다. 찬세가 알 만하다고 생각하면 학원 강사는 벌써 몇 페이지씩 앞서 진도를 나가고 있었다. 찬세는 아는 척하는 일에 곧 익숙해졌다. 그러고 보니 다들 비슷한 표정이었다. 찬세는 다른 아이들도 혹시 모르면서 아는 척하고 있는 게 아닐까 궁금했다.

찬세는 양버즘나무 밑에 드러누웠다. 바짝 마른 넓적한 낙엽이 등에서 바삭바삭 소리를 냈다. 찬세는 손을 뻗어 낙엽을 모아 가슴을 덮었다. 나무들은 벌써 겨울 맞을 채비를 하고 있었다. 공원 끝에 있는 은행나무들은 노랗다 못해 빛이 나는 것 같았다. 단풍잎도 투명할 만큼 빨갛게 변했다. 메타세쿼이아는 벌써 나뭇잎이 다 떨어져 가지가 앙상하게 드러나 있었다.

'올해도 다 갔구나.'

찬세는 벌써부터 내년이 싫었다. 시간이 흐를수록 키는 크는데 가슴은 더 답답해지는 것 같았다. 찬세는 아무 생각 없이 남들 하는 대로 쫓아다니는 게 지겨웠다. 어른이 될 때까지 탁구공처럼 학교와 집을 오가야 한다고 생각하니 가슴이 답답했다. 어른이 되어 무슨 일을 하게 될지는 모르지만, 어쨌든 충분히 시간을 갖고 생각해 보고 싶었다.

꾹 참고 탁구공이 된다 해도 이미 멀리 앞선 다른 사람을 쫓아갈 수도 없었다. 혼자서 몸부림친다고 될 일이 아니었다. 남들은 비행기 타고 건너가는 넓디넓은 사막을 혼자서 헉헉거리며 달려가야 한다. 비행기 표 살 돈이 없으면 어쩔 수 없다. 그렇다고 포기할 수는 없으니 다른 방법을 잘 찾아봐야 한다. 뭐가 있을까?

바람이 불자 낙엽이 떨어졌다. 낙엽은 보이지 않는 계단을 굴러 내려가듯 빙글빙글 돌면서 떨어졌다. 찬세가 잔디밭에서 벌떡 일어섰다. 찬세는 야구방망이가 제 손에 쥐어져 있다고 상상했다. 낙엽을 야구공이라고 생각하기로 했다. 낙엽이 떨어질 때마다 찬세는 힘차게 스윙을 했다. 아무 소리도 나지 않았지만 상상만으로도 즐거웠다.

"야구 하고 싶어서 아주 몸살이 났구나!"

언제 왔는지 뒤에서 지켜보던 주신수가 피식 웃었다.

"찬세야! 우리 안 늦었지?"

함께 온 신지해가 팔짝 뛰며 찬세 어깨를 잡았다. 혼자서 도깨비 스윙을 하다가 들킨 찬세가 뒤통수를 긁적였다.

"이거나 받아라. 오늘은 형한테 안 될걸? 나 어젯밤에 용꿈 꿨다."

주신수가 글러브를 던지며 말했다.

"그럼 복권 사야지."

여자 친구가 끼어들자 주신수가 고개를 저었다.

"복권은 아닌 것 같아. 용으로 여의주를 쳐서 홈런 날리는 꿈이었거든."

토요일마다 셋이서 야구를 한 지도 벌써 두 달째였다. 야구라도 다시 하지 않았다면 가슴이 터져 버렸을 것이다. 강대한 단장 집으로 또 공이 날아갈까 봐 야구를 안 하려고 했지만 참을 수가 없었다. 찬세는 야구방망이를 잡지 않기로 하고 두 달 동안 수비만 했다.

주신수가 찬세한테 물었다.

"야구를 이렇게 좋아하는데 너, 야구부에 들어가지 그러니?"

찬세도 그런 생각을 해 보기는 했다. 하지만 야구부는 돈이 너무 많이 든다고 했다. 찬세는 엄마 아빠가 돈 때문에 얼마나 고생하는지 알고 있었다. 게다가 찬세는 친구들끼리 하는 야구가 좋았다. 야구로 대학에 가고 돈도 벌 수 있다지만 시간만 낭비할 수도 있다. 그런 거라면 보손 게임단 훈련생을 해 본 걸로 충분했다. 게임에 질렸듯 야구까지 싫어하게 되고 싶지는 않았다.

"자, 하자!"

주신수가 배트를 휘휘 돌리며 찬세를 불렀다. 공을 던지라는 소리였다.

찬세가 손을 들었다.

"형, 잠깐만요."

오늘 태웅이를 만나기로 했다. 태웅이도 요즘 시무룩해 있

기는 마찬가지였다. 야구 이야기를 듣더니 나오겠다고 약속했
다. 둘 다 그동안 많이 참았다. 불방망이 팀과 한 점만 더 팀의
끝내지 못한 대결을 여기서 마무리 짓기로 했다.

저쪽에서 태웅이가 걸어오고 있었다. 태웅이를 본 찬세가
주신수에게 말했다.

"우리 2대 2로 시합해요."

주신수가 고개를 갸웃거렸다.

"여자도 있는데?"

신지해가 발끈 화를 냈다.

"여자가 왜? 나도 이제 야구 잘해!"

찬세가 말했다.

"누나, 나랑 같은 편 할래요?"

주신수와 태웅이, 찬세와 신지해로 편이 나뉘었다. 찬세네
가 먼저 수비를 하기로 했다. 찬세가 투수 자리에 섰다. 타자
는 태웅이였다. 각각 투수와 타자 자리에서 서로를 보니 오랜
만에 만난 것처럼 반가웠다.

찬세가 공을 던졌다. 스윙! 태웅이가 방망이를 휘둘렀지만
이미 공이 지나간 뒤였다. 찬세는 기분이 좋았다. 두 달 동안
몸을 푼 보람이 있었다. 태웅이 얼굴에서 웃음기가 사라졌다.
마지막이고 뭐고 없었다. 어떻게 해서든 찬세 공을 날려야겠
다는 생각이 태웅이 얼굴에 그대로 드러났다.

태웅이 마음은 홈런왕인데 몸이 너무 오래 쉬었다. 태웅이

는 공 세 개로 삼진 아웃을 당했다. 태웅이가 방망이를 내던졌다. 포수를 보던 주신수가 글러브를 태웅이에게 건네주고 방망이를 집었다.

투수 자리에 선 찬세가 하늘을 쳐다보았다. 하늘 높이 공을 던지면 퐁당 소리가 날 것처럼 푸르렀다. 찬세는 공원도 한번 둘러보았다. 바람이 잠잠한 가운데 나뭇잎들이 조용히 떨어져 내렸다. 벤치에 앉은 할머니가 찬세를 보고 있었다. 자전거를 타고 지나가던 아저씨도 찬세를 쳐다보았다. 교복을 입은 여학생과 남학생이 손을 잡고 찬세를 바라보았다. 세상이 모두 찬세가 공 던지기만을 기다리는 것 같았다.

찬세는 글러브에 든 공을 손가락으로 단단히 휘감았다. 높이 차올린 왼쪽 다리를 힘차게 뻗으며 공을 던졌다.

깡!

맑은 소리가 공원에 울려 퍼졌다.

"어떡해! 어떡해!"

외야에 서 있던 신지해가 공을 쫓아갔지만 찬세는 소리만 들어도 알 수 있었다. 홈런이었다. 하늘 높이 날아간 야구공이 공원 끝 이층집 마당으로 떨어졌다.

"거봐, 내가 용꿈 꿨다고 했지!"

주신수가 주먹을 불끈 쥐었다.

"결자해지니까 형이 주워 와요."

찬세가 박수를 치며 말했다.

주신수가 투덜거리며 잔디밭을 가로질러 갔다. 태웅이가 찬세 옆으로 와서 속삭였다.

"저 형도 손해배상 청구서 받는 거 아냐?"

찬세가 말했다.

"너, 저 집이 누구네 집인지 모르지?"

"당연히 모르지. 넌 알아?"

찬세가 씩 웃었다. 주신수가 야구공을 찾아오자 태웅이가 말했다.

"형, 경찰 출동하기 전에 빨리 도망가요."

"왜? 빈집에 들어갔다고 경찰이 출동해?"

"빈집?"

찬세와 태웅이가 글러브를 내던지고 공원 끄트머리 이층집으로 달려갔다. 주신수 말대로 집에는 사람 사는 흔적이 없었다. 꽃이 예쁘게 피어나던 정원에는 잡초가 무성했고, 창문이 열려서인지 낙엽만 집 안을 굴러 다니고 있었다.

찬세는 다시 공원 쪽으로 달려 나왔다. 태웅이가 따라오며 물었다.

"찬세야, 저 집에 누가 살았는데? 집주인이 누구였어?"

"지금 그게 중요한 게 아니야."

찬세가 글러브를 들었다. 팔에 힘이 넘쳐 자꾸 부풀어 오르는 것 같았다. 얼른 야구를 해야 한다. 찬세가 태웅이를 다시 삼진으로 잡았다. 홈런을 치고 기세가 오른 주신수도 스윙아웃을 당했다.

공격이 바뀌자 찬세가 야구방망이를 들었다. 태웅이와 주신수가 서로 공을 던지겠다며 다퉜다. 가위바위보를 해서 주신수가 먼저 공을 던지게 되었다.

찬세는 온몸의 힘을 모아 야구방망이를 힘껏 휘둘렀다.

붕!

바람 소리가 났지만 찬세는 기분이 좋았다. 두 번째도 힘껏 스윙을 했다. 손이 미끄러져 하마터면 야구방망이가 멀리 날아갈 뻔했다. 마지막 공이었다. 찬세는 알고 있었다. 주신수는 스트라이크를 던질 거다. 여자 친구 앞에서 찬세를 삼진아웃시키고 싶을 테니까. 중학생한테 이겨 놓고 잘난 척하고 싶을까? 다른 때 같으면 여자 친구 앞에서 체면을 세워 줬겠지만 오늘은 아니다.

주신수가 다리를 번쩍 들어 올렸다. 공 하나면 아웃이니 마음이 급할 게 분명했다. 찬세는 야구공을 기다렸다. 하얗고 동그란 야구공이 가운데로 정직하게 날아들었다. 빨랐지만 그래서 더 좋았다. 지난여름 내내 꿈꾸던 공이었다. 꼭 한 번 쳐 보고 싶었던 공.

이제는 칠 수 있다. 아무 생각 없이 온 힘을 다해 걸어 낼 수 있다.

까앙!

손목에 기분 좋은 울림이 전해졌다. 손목에서 시작해 온몸에 전해지는 이 느낌. 찬세 마음속에서도 뭔가가 기세 좋게 퍼져 나갔다. 찬세는 방망이를 손에 들고 높이, 저 멀리 날아가는 공을 바라보았다. 공은 중력을 잊은 듯 하늘 높이 솟구쳤다. 실밥에 파란 하늘이 물들 것 같았다.

비상이 빨랐던 만큼 야구공은 추락도 빨랐다. 찬세는 야구공을 찾아 공원 끝으로 달려왔다. 잔디밭을 두리번거리는 찬세에게 누군가 말을 걸었다.

"이거, 네 야구공이니?"

흰색 운동복을 입은 키 큰 여자였다. 여자 옆에는 갈색머리의 외국인이 서 있었다. 야구공을 받고 돌아서려는 찬세에게 운동복 여자가 말했다.

"야구 실력이 보통 아니던데, 혹시 국제 청소년 야구 리그 들어 봤니?"

갸웃거리는 찬세에게 외국인 남자가 명함을 내밀었다.

"우리는 야구 스카우터야. 세계 곳곳의 야구 꿈나무를 찾고 있지."

환하게 웃는 찬세의 얼굴이 위성을 통해 대양을 건너 전송되었다.

여러 기업의 로고를 달고 색색으로 불을 밝힌 초고층 빌딩들이 밤하늘에 촘촘히 솟아 있었다. 가장 높은 빌딩의 최상층 회의실에 모여 찬세의 얼굴을 바라보는 사람들이 있었다. 모니터를 바라보는 수십 명 가운데 한 여자가 고개를 끄덕였다.

"프로젝트 이 단계 진행합니다."

찬세는 몰랐다. 여자의 지시를 듣고 움직인 사람들은 두 스카우터만이 아니었다. 이 순간 보손 게임단 출신의 상위 30%에도 이런저런 이유로 접근하는 사람들이 있었고 대형 무기회사들에 비밀 주문서가 접수되었으며 다이아몬드로 유명한 아프리카의 한 국가에서는 내전이 벌어졌다.

그것은 또 하나의 시작이었다.

국방색 청소년과 보손 게임단

십 대에, 나는 소심한 주제에 군인이 되고 싶었다. 군인들이 줄지어 대통령이 되던 나라에서 군인만큼 멋진 직업이 또 있었을까?

나는 국방색을 사랑했다. 무광 에나멜로 전차를 도색해 디오라마를 만들고, 권총과 소총을 조립해 벽에 가득 걸었다. 육군, 공군, 해군 사관학교에 며칠씩 입소해 소총을 쏘고, 레펠훈련을 하고, 전차를 타고, 미사일을 껴안아 보고(쏴 보고 싶었다. 정말!), 전투기를 쓰다듬고, 구축함을 타고 항해도 해봤다. 수학 시간에는 뒷자리에 앉아 실제 크기의 모형 산탄총을 조립하기도 했다.

타미야의 건메탈, 올리브드랍, 아프리카엘로우, 플랫그린으로 얼룩진 청소년기를 보내고 뒤늦게 깨달은 건 열정만으로 꿈이 이루어지는 게 아니라는 사실이다. 일단 공부를 잘해야 시관학교에 갈 수 있다는 걸 왜 미처 몰랐을까.

운명이 때로는 친절하다는 것을 뒤늦게 알게 될 때가 있다. 나이가 들자 내가 군인이 되어서는 안 될 사람이라는 게 확실해졌다. 전쟁, 특히 강대국이 벌이는 전쟁은 대부분 그럴듯한 명분으로 포장된 이권 다툼이다. 하마터면 전쟁을 절대 반대하는 군인이 될 뻔했다.

지난여름, 남녀 초중학생을 어렵게 모아 야구를 했다. 땀 줄줄, 먼지 범벅이 되어 아이스크림을 먹으며 내가 물었다.

"밖에서 노는 게 재미있어, 컴퓨터 게임이 재미있어?"

게임광 남자애들이 입을 모아 외쳤다.

"밖에서 노는 거!"

둘 가운데 선택할 수 있으면 다들 밖에서 놀겠다고 했다. 놀 시간 없는 아이들과 야구와 컴퓨터 게임과 군대와 신자유주의와 전쟁과 군사 기업이 한순간에 이어지며 어떤 이야기의 윤곽이 문득 떠올랐다. 『보손 게임단』은 그렇게 시작되었다.

'보손 게임단'은 상상의 산물이지만 비약만은 아니다. 신자유주의 체제 아래 무한 경쟁에 내몰린 아이들과 국가 산업이 된 전쟁의 관계는 멀어 보이지만, 하나하나 줄기를 타고 가다 보면 연관성을 찾을 수 있을 것이다.

정리하자면, 청소년들에게 밖에서 마음껏 뛰어놀 자유를 주는 것만으로도 전쟁이 줄어들 수 있다는 이야기. 아닌 것 같은가? 소중한 평화를 위해 한번 시도해 보자.

청소년들에게 마음껏 야구할 자유를 달라! 발야구라도 좋다!

곽지 해수욕장과 양배추밭이 보이는
귀덕리 초록마을 509호에서
김남중

보손게임단

2011년 6월 1일 1판 1쇄
2023년 5월 20일 1판 10쇄

지은이 김남중

편집 김태희 김태형 이혜재
제작 박흥기 **마케팅** 이병규 이민정 최다은 강효원 **홍보** 조민희

출력 블루엔 **인쇄** 한승문화사 **제책** J&D바인텍

펴낸이 강맑실
펴낸곳 (주)사계절출판사 **등록** 제406-2003-034호
주소 (우)10881 경기도 파주시 회동길 252
전화 031)955-8588, 8558 **전송** 마케팅부 031)955-8595 편집부 031)955-8596
홈페이지 www.sakyejul.net **전자우편** literature@sakyejul.com
블로그 blog.naver.com/skjmail **페이스북** facebook.com/sakyejul
트위터 twitter.com/sakyejul **인스타그램** instagram.com/sakyejul

ⓒ 김남중 2011

ISBN 978-89-5828-550-2 44810
ISBN 978-89-5828-473-4 (세트)